JN092494

転生したらチートすぎて逆に怖い

登場人物紹介
MAIN CHARACTER

ディライト
・プレザントリー
∞
フィエルテの『運命の番』。
狐の獣人の血をひく自分を
コンプレックスに感じているが、
だんだんと明るさを取り戻す。
フィエルテ
・フリードリヒ
∞
幼女に転生した本作の主人公。
神様からもらった規格外の
「なんでも屋」のチートを元に
異世界を満喫中！

アイシャ&カイン
フィエルテの両親。
宰相で公爵位を持つ父と、国NO.1魔法使いの母。
子供たちを溺愛している。
ゲイル
カインの忠実な部下。フィエルテを
「お嬢」と呼び気さくな姿を見せるが、
国の暗部の仕事も担う。
ルアアパル
森の主であり女神の加護を持つ
ムーンウルフ。フィエルテと契約し、
守護することを誓う。

プロローグ

私の名前は斉藤《さいとう》ゆき。二十三歳。普通の会社員だ。

私には四人の弟妹がいる。

長男、十七歳の深李《しんり》。次男、十五歳で中学三年生の春樹《はるき》。

次女、十二歳。双子の姉である夏喜《なつき》。三男、十二歳。双子の弟である秋喜《あき》。

私たちにはそれぞれ違う父親がいる。

母は男を見る目がなかった。子供ができれば逃げられ、かと思えば暴力を振るう男に捕まる。別の男に逃げてはまた酷い目に遭う、その繰り返し。

自分の子供がそのせいでどれだけ迷惑するかなんて考えず、むしろ母は、自分が誰からも愛してもらえないことを私たちのせいにしていた。当たられたことは数知れず、幼い頃は身を守ることで必死だった。

そんな両親からもらえる生活費なんて微々たるもの、あってないようなものだ。

だから、長女として生まれた私がとにかく必死に働くしかなかった。私は弟妹を守るため、働ける年齢になった途端ひたすらバイトに明け暮れた。

学校だって学費免除のために成績は常に上位にキープ。高卒でもそれなりの所に勤められるように資格だってたくさんとった。

私が行っていた学校は成績優秀者の待遇が良かったから、様々な資格をほぼ無償でとれたことが救いだ。就職してからも、弟や妹が寂しくないように家族との時間をとることもわすれなかった。

だから恋愛なんかはまったく縁がない。

十一歳から母親をやるのはものすごく大変だった。

それでも最近は長男の深李が買い物や家事を手伝ってくれるようになったので、少しずつ楽にはなってきている。

今日も学校帰りの深李と待ち合わせて、晩御飯を何にするか相談しながら私たちはスーパーを歩いていた。

「姉さん、僕カゴ取ってくる」

「じゃあお姉ちゃんはカートを持ってきます」

深李と他愛ない会話をしながら、他の弟妹たちの好みそうな晩御飯の材料を買う。

買い物を終わらせて店を出る頃には外は暗くなり始めていた。

「ちょっと買いすぎたかな？　外も暗いし、早く帰ろうか」

「そうだね。三人とも待ってると思うよ」

「ふふ、帰ろうか」

スーパーの駐車場を突っ切って駅の方へ並んで歩く。

その時、突然ドンッと人がぶつかってきた。

同時に腹部に鋭い痛みが走る。周りで悲鳴があがるのが聞こえた。

一瞬、何が起こったのか理解できず、ジクジクと痛む腹部に目をやるとナイフが突き刺さっている。目の前には見覚えのある姿があった。

「わ、たなべ、さん？」

目の前にいるのは同僚の姿だ。可愛らしく、ちょっとしたたかな後輩。けれどいつもにこやかに微笑んでいた彼女の顔は般若《はんにゃ》のように歪《ゆが》んでいる。

「っ、あんたが、あんたが悪いのよ。山本くんは、絶対自分から女には話しかけないのにっ、いつもいつもいつも!!　あんたには話しかけてた!!　許せない許せない許せない許せないぃ!!　あんたなんか死んじゃえっ！」

吐かれる言葉に覚えはない。彼女の言う山本くんは確かに私の後輩で、彼女の同期だけれど――

私は気が付かないうちに何かをしてしまったのだろうか。

だんだんと視界がかすんでいく。

「姉さんっ!!」

なおも私を揺さぶろうとする彼女を押し退《の》け、深李が私を支える。

顔が真っ青だ。あはは、いつも笑顔の深季が焦るなんてよっぽど私の顔色は悪いんだろう。なんて、刺されたんだから当たり前か。

「っ、しん、り」

「しゃべらないで！　今救急車がくるからねっ」

「みんな、こと……、よろ、く、ね」

「ね、さん……？　何、言って……」

ああ、ダメだ。目が見えなくなってきた。寒いし、手の感覚ももうない。

「げんきで、ね？」

「だめだよ、いやだ、嫌だ嫌だ嫌だ!!　姉さん！　目をあけて！　置いてかないでっ姉さん！　姉さんっ！」

「大好き、よ」

——結局、一度も恋はできないままだったな……

◆

「ん、ここは……？」

私、どうなったんだろう。ぱちりと目を開ける。深李の姿はそこにはない。

それどころか刺されたはずなのに、痛みがすっかり消えている。というか傷すらない。

——ここはどこなんだろうか。

辺りを見渡すと、目の前にはどこまで続くのか分からないほど遠くまで草原が広がっている。

私はそこに一本だけある大きな木に、背中を預けて座っていた。

「地獄……にしては綺麗だし、天国？」

「違いますよ」

「へ？」

呟くとどこからか綺麗な声が聞こえた。

今、この場所には私しかいなかったはずだ。

すると突然、とんでもなく綺麗な顔をした男性が、申し訳なさそうな顔で私の前に現れた。

透き通るようなブロンドヘアに青空の瞳。どこか浮世離れした雰囲気をしていて白いローブのような服を纏《まと》っている。

「驚かせてしまい申し訳ありません。私は……そうですね、あなたがいた世界で言えば神のようなものです」

彼はそう言ってぺこりと頭を下げた。思わず彼の言葉を復唱する。

「か、神様？」

神様、なんて本当なら疑うところだけど、なんだか知らない場所にいるし、傷も消えているし。なによりこの人、うっすら光っているうえにとんでもなく綺麗な顔をしている。

神様という言葉を信じずにはいられないくらいには、人間離れした美しさだ。

でもなんで神様？　私死んだんだよね？　わざわざ神様がお迎えに来てくれたってこと？

混乱していると、彼は柔らかく微笑んだ。

「戸惑っていらっしゃいますね。少し説明してもよろしいですか？」

一人で考えていたってなにも分からないから、説明してもらえるのならありがたい。

男性――神様の言葉に私はこくりと頷く。

そうして神様による状況説明がはじまった。

まず、命あるものすべてに『運命』というものがあるのだという。『運命』は基本的に変わることはない。だが、ごく稀《まれ》にイレギュラーが起きて『運命』が変わってしまうこともあるのだと。そうしてイレギュラーで死んでしまった魂は、他の魂に影響を与えないように輪廻の輪から外れる。

輪廻の輪から外れた魂は消されて新しく作りなおされるそうだ。

今回私が死んだのもそのイレギュラーの一つだと神様は言う。

じゃあ私は消されて作り直されるのか……と思っていると、神様が慌てて訂正した。

私の死は、神様の娘さんが私の魂を作る際、私に与えられる愛の重さを間違って起きたものらしい。そしてそういう神様側のミスで発生したイレギュラーの場合、勝手に魂を消すわけにはいかないのだという。

え、私神様のミスで死んじゃったの？　内容重いのに、なんか軽く感じるような……

「なら私はどうなるんですか？」

「元の世界に戻すことはできないので、別の世界に転生していただきます」

神様は眉を下げたまま、私の目の前に手をかざした。もやもやとした中に青空とお城のような建物が見える。どうやらこれが私の転生する世界らしい。まるでファンタジー世界のように綺麗だ。

「それに今回は私の娘のミスでこうなってしまったので、お詫びとして魂に特別な能力をつけさせていただきます。必要そうな能力はこちらで勝手にお付けしますが……なにか欲しい能力や譲れないものなどはございますか？」

おずおずと神様に言われて、私は首を傾げた。

母は今、新しい彼氏のところにいるから問題ないだろう。

弟妹たちのことは気がかりだけど、死んでしまったのだから元の場所に戻れないのは仕方がない。

「私のことじゃないんですけど……弟たちを見守ってもらうことはできますか」

「はい。ですが、あなたはもうあなた自身のことを考えてもいいのでは？」

神様が即答してくれたのでほっとする。ミスはすれどこれだけ優しい神様に見守られるなら、きっと私の家族たちは大丈夫だ。私は転生する世界の映像を見つめる。

「自分のこと、と言われてもなかなか……どういう世界なんですか、ここは」

「ここは魔法が使える世界で――ああ、もちろん危なくないように配慮しますよ！　他に地球と違うのは人間以外の種族もたくさんいるところでしょうか」

なるほど、と私は頷く。それから神様にどんな能力を付与してもらえるのかを見せてもらったらなんか、とにかくすごかった。もらえるものはもらう主義だけど能力はもう十分すぎるかもしれない。

生命の危険はないと神様が言ってくれている。

これ以上何かを望むのはやりすぎかな？

でも、やっぱり憧れはあったし。

私はしばらく考えてから顔を上げ、神様に言った。

「愛されたい、かな」

「『愛』ですか」

「うん、神様なら知ってるでしょう？　母さんが愛したのは自分を大事にしてくれそうな男だけで、父さんはそもそもいない。弟たちからは愛されてたようにも思うけど、母親代わりみたいなものだったから違う気もして。私は、新しい世界でたくさん愛されてみたい。それに、本当は恋もしてみたかった、かな」

わがままかな、と思ったけれど神様はあっさりとうなずいた。

「では、あなたにはたくさんの者たちから愛される器を。それと、次の世界には『運命の番《つがい》』というものがあります……その相手はあなただけを想ってくれるでしょう。際限なく大きい愛を受け入れる器もあなたにはある。きっとすぐに巡り合えますよ」

そして神様は私の瞼《まぶた》にそっと手を置いた。

『だから、どうか幸せに……おやすみなさい』

だんだんと世界が回っていき、最後にそんな言葉が聞こえた気がする。

神様と言うけれどそれ以外は何も知らない人。でもどこか懐かしくて気を抜いて話せる人。なんとなく、なんとなくだけどあの人は私を愛してくれていた気がする。

違うか、あの人――神様は世界を愛していたのかもしれない。

私、愛してもらえるかな。新しい世界では大事な人を見つけられるかな――

◆

「おぎゃあああ!!」

暗くて、でもすごく安心できる場所から出される感覚に驚いて声をあげる。泣いていたらふわふわの何かに包まれて持ち上げられた。

もしかして、転生……したのかな？

眩しくて目を開けられなくて、周りの様子は分からないけれど私を抱いている誰かの手にすごく安心した。神様のおかげでこの世界の言葉は分かるようになっているはず。耳を澄まして聞いてみる。

「ふふ、かわいいい。母様の腕に安心してくれるの？」

優しい声だ。今私を抱いているのがこの世界での私のお母さんらしい。

同時に、急に大きな音がして、なにか暖かいものが近づいて来るのを感じた。気配とも違うそれは私を抱いているお母さんにもあるようだけど――お母さんは少し冷たい感じがする。

これ、もしかして神様が言ってた魔力かな？　たしか、使える魔法の属性によってその人の魔力質が変わるんだっけ。

属性は全部で六つ。火・水・風・土・光・闇。だったら多分今来た暖かい感じは火の属性の人かな？　じゃあお母さんは風属性？　それとも水属性だろうか？

なんて考えてたら暖かい人がお母さんに話しかけた。

「アイシャ！」

「カインったら、大丈夫。私もこの子も無事よ。ほら、可愛いでしょう？　待望の女の子よ」

「っ、なんて、可愛いんでしょう。ありがとう、アイシャ、ありがとうございます」

声と同時に、暖かくて大きな手が私を撫でてくれる。今の会話的にこの人が私のお父さんか。

そう思っていると、再びバタバタバタバタと大きな足音が聞こえた。

魔力っぽい気配が今度は三つ。ドアが開く音とともに騒がしい声が近づいてくる。

「生まれた⁉　妹⁉　弟⁉」

「ちょ、リーベ！　ストップ！」

「兄さん……しー」

妹か弟か聞くってことはもしかして三人は私のお兄ちゃんなのかな？

三人のお兄ちゃんか、今世も家族がたくさんみたいだ。前世は一番上だったけど今回は上に三人もいる。可愛がってくれるだろうか。

そんなことを考えていると、三人のうち一人がそっと撫でてくれるのを感じた。

なんだかすごく安心する。

ふにゃりと顔が緩むのと同時に、他の二人も壊れ物を扱うように私の頭を優しく撫でてくれた。

それもすごく気持ちいいんだけど、やっぱり最初に撫でてくれたお兄ちゃんの手が安心する。なんでだろう。

気になって、最初に撫でてくれた手をぎゅっと握ってみる。

「えっ」

「あら、エルのこと気に入ったみたいね」

エル？　名前かな。エルお兄ちゃん？

そう思っていると他の声も口々にしゃべりだす。

「いいなぁ、エル。……にしても、ちっちぇえ」

「可愛い……男の子……？　女の子……？」

あ、それは私も気になるかも。

私にも分かんないんだよね。どっちだろう。

わくわくした気配の三人と一緒に私も待っていると、お母さんらしき声が言った。

「女の子よ」

「「「女の子!!」」」

おおう、声がそろった。

女の子かあ、よかった。前世の記憶がある分そっちのほうが助かるからね！　ほっとしていると声の一つがさらに気になることを聞いてくれた。

「なあなあ、名前は？」

名前！　名前は子供が最初にもらえるプレゼントだ。誰にも取られることのない私だけの宝物。

いい名前をもらえたらいいなあ。

ドキドキしているとお母さんの声が教えてくれた。

「考えてありますよ。フィエルテ……フィエルテ・フリードリヒです」

フィエルテ……素敵な響きだ。フリードリヒは家名かな？　この世界ではじめてのプレゼントだ、大事にしよう。初めての世界、初めての両親、初めてのお兄ちゃん。

初めてだらけの世界で不安がないとは言えないけれど産まれたばかりの私ならきっといろんなことを学べるかもしれない、ううん、学ぶ。

そして、いつか神様が言っていた運命の番《つがい》と出会って、たくさん愛してもらうんだ。

今世では自分の幸せを願ってもいいかな？

第一章　三歳

「フィルー？」

「おかーしゃま！」

お母さん――もといお母様に呼ばれ、走って抱きつく。

生まれてから三年、あっという間だった。

三年間で分かったことは、まず我が家の家族のチート具合だ。神様のお詫びの仕方はとんでもなさすぎた。

お父様はカインというお名前で透明感のある銀髪に深紅《しんく》の瞳を持つイケメンだ。

この国の公爵で宰相をしている。あとは表立って言えないけれど王国軍の裏部隊であるオルニスの総責任者でもある。

お母様はアイシャといって、なんと現国王様の妹！　髪は淡いピンク色で、毛先だけが紫色をしている。髪色にグラデーションがある、というのはこの国の王族に連なる者の特徴だという。

お母様の瞳はレモン色をしていて、スタイル抜群の美人さんだ。それにお母様は魔法……特に治癒魔法が得意だ。だからお城の専属医療班の責任者で、魔法研究所の所長でもある。

魔法研究所はその名の通り魔法の研究をする場所。魔法の発動方法の簡略化や新魔法の開発もしているって聞いた。

正直かなり忙しそうだけど、お母様はこうして仕事に行っていないときにはいつも私の相手をしてくれる。

今も抱きついた私を、お母様は笑顔で受け止めてくれた。

「またここにいたの？」

「うん！」

私がいた場所は我が家の書庫だ。物語から専門書までなんでもそろっている。なかでも魔法に関するこの棚の前は私のお気に入りスペースだ。

お母様は私を抱っこして書庫の中まで運ぶと、机の上の本を見て微笑んだ。

「さすが私の娘。魔法に興味があるの？」

「はい！　はやくつかえるようになりたいです！」

私は今この世界について絶賛勉強中だ。特に、地球にはなかった魔法に興味がある。だからこの世界の魔法について解説した本を読んでいたのだ。魔法が使えない人用の魔道具があったり、魔法にも種類があったりと中々面白い。

そして分かったこと。この世界では、生まれてすぐ魔法を使える訳じゃない。幼い子供は体内の魔力が不安定なので、魔力をご飯とする精霊たちに魔力を食べられて死んでしまう可能性があるそうだ。精霊に愛されていた初代国王様が、精霊王に魔力が安定する年齢になるまで子供の魔力を食べないように頼んだ。その結果、五歳までは魔法を使うのに必要な精霊を見たり、感じたりということができなくなったそうだ。

できれば早く魔法を使ってみたかったんだけど……

お母様は私の元気な声にちょっぴり眉を下げた。

「そうねえ……五歳になるまでは協力してくれる精霊さんを見ることができないから……。だから、精霊さんと出会える五歳までは我慢よ。さ、もうすぐお兄様たちが帰ってくるわ。お出迎えしましょう」

「はーい」

残念。国で一番魔法に詳しいお母様がそう言うのなら、やっぱり今の私が魔法を使うのは難しいようだ。

そしてお母様が私を抱き上げようとした時、侍従が書庫に入って一礼した。

「失礼します。奥様、リーベ様たちがお戻りになられました」

「ちょうどよかったわね。フィル、行きましょうか」

「はい！」

とてつもなく広い屋敷の中を抱っこされて移動する。三歳児の私だとお屋敷の玄関につくまでに確実にダウンするからね……だって遠いんだもん。大人でも屋敷の端っこの部屋から玄関まで十分はかかるなんて、前世がアパート暮らしの私からすれば信じられない。

そもそもこの家の敷地には森まであるのだ。ここ、領地じゃないんだよ？　王都にある自宅なんだよ？　森って何……

思わず窓から見える森に遠い目をしてしまった。魔法は使えるか分からないけれど、家族は十分すぎるほどチート、ということだ。


さて、エントランスにつくと大好きなお兄様たちの姿が見えた。お母様に降ろしてもらってダッシュ。そう、三歳児のおぼつかない体で猛ダッシュだ。そして部屋の床は絨毯のおかげでよく滑る。どうなるかなんて考えるまでもない。

ズザザーッ。

そう、転ぶに決まってる。おでこがヒリヒリして手のひらと膝は熱い。

顔から行ってしまった……

「フィルッ!!」

駆け寄ってくるお母様やお兄様たちの焦った顔。

それを見ていたら徐々に痛みがやって来る。

エル兄様にそっと抱き上げられて……

「ふ、うぇ、わああああああ!! エルにいしゃまあああ!!」

私は号泣してしまった。前世の記憶があるとはいえ、体は三歳児だ。勝手に涙が出てくる。

私を抱き上げてくれている二番目のお兄様——エル兄様にしがみついてひたすら泣き叫んでいると、長男のリーベ兄様が頭をそっと撫でて、三男のジュール兄様は足を撫でてくれる。お母様もあわてて私に治癒魔法をかけてくれた。

「これでよし、フィルもう痛くないかしら?」

「う、ひっく、ん、いたくないです」

治癒魔法のおかげで痛みはないし、傷も消えて元通りだ。転んだといってもふわふわの床だしね。

むしろ過保護かも……我に返るとちょっと恥ずかしくなってきた。

心配されるのはうれしいけど、前世では心配する側だったからどこかムズムズする。

ふと見上げるとお兄様たちが何やら喧嘩していた。よく聞くと誰が私を抱っこするかでもめているようだ。兄様たちもお母様と負けず劣らずの過保護、というか妹ばかだ。

でも、そっか、私の妹や弟たちも今の私みたいな気持ちだったのかな?

過保護に心配されて、嬉しいけど少し照れくさい。身体がムズムズするけど不快じゃない。

すごく、愛されているみたい。

頭を撫でてくれたのは長男のリーベ兄様。銀髪に深紅《しんく》の瞳はお父様そっくり。既に騎士団に所属していて剣の腕のよさから王国軍からスカウトが来ているそうだ。まだ成人していないから今は騎士団で訓練中なのだという。

次に私を抱っこしているのはエル兄様。エルっていうのは愛称で本当はエルピスという。

エル兄様はリーベ兄様の双子の弟だ。

銀髪にお母様と同じ淡いピンクのグラデーションが入っている。瞳もお母様と同じレモン色なこともあって、全体的な顔立ちはお母様に似ている。とっても頭が良くて、将来はお父様の跡を継いで宰相になりたいらしい。

最後に三番目の兄様。ジュール兄様はとっても優しくて繊細な人だ。植物が大好きでよく庭師のリックと話しているのを見かける。淡いピンクの髪で瞳は深紅《しんく》、お父様とお母様の特徴を半分ずつもらったようだ。

三人ともとてつもないイケメンさん。私のことをすごく大事にしてくれる自慢のお兄様たちだ。

ちなみに私はお母様と同じピンクのグラデーションの髪色にお父様と同じ深紅《しんく》の瞳だ。

そうやって争う兄様たちを見ていたので、お母様がほっとしたように私を見ていたことに私は気づかなかった。

それは、私が泣いていた時にたくさんの精霊を引き寄せていたことを心配していたのだと、後で私は知ることになる。どうやら精霊たちは今か今かと待っていたらしい。私が五歳になる瞬間を……

◆

「だれも、いない……？」

そんな風に過保護な家族たちに囲まれる毎日。

だけど久しぶりに静かな日ができた。

ふむ、暇だな。いつも家族が集まる談話室のソファで、私はごろりと転がった。

いつもなら家族の誰かしらが家にいて構ってくれるんだけど、今日はみんないない。いや、まあそれが普通なんだけどね？　だって両親は働いているし双子のお兄様たちにも学校があるんだから。いつもはまだ学校に通っていないジュール兄様が遊んでくれるけど、今日は何かの大会に行っているらしい。

お庭に出れば少しは退屈しのぎになると思うんだけど、外出はおろか、実質自宅のはずのお庭でさえ家族が過保護すぎて許してくれない。――精神年齢は成人だから、さすがにおままごとなんてできないし。

そのままごろごろしていたらふと頭の上に影が落ちてきた。

「暇そうだな？　お嬢」

「ゲイル……」

目の前に立っていたのはゲイル。この人もなかなかのイケメンさんだ。お父様が綺麗系ならゲイ

ルはワイルド系。お髭《ひげ》はないけど、あっても違和感はないような顔立ちをしている。

ゲイルはお父様の直属の部下でオルニスのエース——いわゆる暗殺者として勤めているらしい。

とはいえ私にはすごく優しいいし、可愛がってくれる。

今も暇そうな私を見て少し考えるように首を傾げた後、ぽんと手を打ってこう言ってくれた。

「よし、カイン様に王宮まで資料を持ってくるように言われてるけど一緒に行くか？」

「いく！」

思わず寝転がっていたソファから飛び起きる。

これはチャンス！　異世界の町並みとか気になってたんだよね！　ゲイルと一緒なら安全面は問題ないだろうし。

私の専属メイドのリリアに許可を取りに行けば、ゲイルの説得もあって心配しながらも許してくれた。

やったね！　初めてのお出かけ、楽しみだなあ。


「わぁ！　おみせがいっぱい！」

「ここは王都。国の中心部で人が多いからな」

馬車に乗って屋敷の外に出て、街の中で降ろしてもらう。

カラフルな建物が立ち並んでいて、人もたくさんいる。活気に溢れた街に私は思わず目を輝かせた。その賑《にぎ》やかさは地球での繁華街に似ているけれど、歩いている人たちの服装がファンタジーだ。

それに文字や、食べ物、街の匂い。そんなものがどこか違う。

その中でも一際お花のようないい香りがしたお店があった。

「ゲイル、あれはー？」

小さな緑と黄色の建物。深緑色の屋根がどこか大人っぽい雰囲気だ。

ショーウィンドウには小さな箱と綺麗な小袋が数種類置いてある。

ゲイルはちらりとお店に視線を送る。

「ん？　……茶葉の専門店だな。ちょうどいい。差し入れに買ってくか」

「おちゃ！　かってくー！」

なるほど、お茶だったのか。私が頷くと、ゲイルは私を連れてお店に向かった。

店内には色とりどりの箱が積まれている。優しそうなお姉さんがいくつか中身を見せてくれた。

「わあ！」

一気に花の匂いが強くなる。フレーバーティーとかハーブティーが近いのかな？　紅茶っぽい茶葉にお花が入っているようなものもある。うーんお父様はこの頃忙しそうだし、疲れが取れそうなのがいいな。

お姉さんとゲイルにも手伝ってもらってお茶を選んで、また馬車に乗って王宮に到着した。

王宮はとっても大きい。ゲイルが言うには使用人寮が男女二棟ずつに騎士団、魔術師団、獣騎士団それぞれに棟が三つずつあるそうだ。それにもちろん王族の居住空間や庭園もあって……はぐれたら大変なことになりそう。

あまりの王宮の広さに驚き、ゲイルの足にしがみつく。するとなにかぞわぞわする感覚が、周囲にたくさんあることに気づいた。なんだろうこれ。

気持ち悪くて、思わずゲイルにぎゅっと抱きつく。

ゲイルは私の異変に気が付いたのか、私を抱え上げて、顔をのぞきこんだ。

「お嬢？　どうした？」

「なんかへん……」

「体調崩しちまったか？　医務室いくか？」

「だいじょぶ、おとーしゃまのとこ……」

そう言ってみたものの、身体がぞわぞわするのは止まらない。せめて原因を探ろうと目をつぶって集中する。するとたくさんある気持ち悪い感じの中に、三つほっとするものがあった。一つは近い――というか隣だ。もしかしてゲイルだろうか？

そして、もう一つが近づいてくる。じゃあこの感覚は――と思いながらぱっと目を開けると、そこにいたのはお父様だった。焦ったような顔で手を伸ばされる。

「フィル……？」

「おとーしゃま……？　っふぇ、おとーしゃまあ！」

なんだか無性にお父様に近づきたくて、ゲイルの腕から降りようと体を捩《よじ》る。

ぞわぞわしていたものが身体中に広がって気持ち悪い。こわい。

いやいやと首を振る私をゲイルから受け取り、お父様が背中をポンポンしてくれる。けれど私の涙は止まらなかった。

「ふぇ、うぇ、うぇえん！」

私が降りたあとのゲイルが気まずそうに頬を掻くのが見えた。

「カイン様、これが頼まれたやつ。あと、お嬢が選んだ差し入れなんですが……。その感じじゃお嬢はカイン様から離れないと思うので、俺が運んでおきますね」

「ひっく、げいりゅ、ごめんねぇぇ……！」

「あーあー、泣くな泣くな。大丈夫だぞ。先に帰って待ってるからな？」

ポンポンと私の頭を撫でてゲイルは帰っていく。お父様と二人になってもぞわぞわした感じが治まる気配はない。

いやだ、気持ち悪い……なんなんだろうこれ？


お父様は私を抱っこして、王宮内の仮眠室に運んでくれた。お父様は私をベッドに降ろそうとしたけど、私はお父様から離れるのが嫌で腕にしがみついてしまう。

「大丈夫ですよ。お父様はここにいますからね。ぎゅーってしてますからね」

するとお父様は言葉通りに私をぎゅっとしたままベッドに一緒に横になってくれた。

もぞもぞとお父様の胸のなかで丸くなる。お父様の腕の中は安心できて、ぞわぞわする感じも少し遠のいた気がする。

そんな私の様子を見て、お父様はどこかに連絡をしているようだった。

少しするとお母様の声が聞こえた。ちらっと見るとお父様は電話のような魔道具を耳に当てている。それから二人がお話をしているのが聞こえた。どうやらお父様は私の症状を魔力酔いだと考えたらしく、医療と魔術に通じるお母様を呼んだようだった。

でもおかしい、魔力は五歳にならないと感じることはできないはず。それなのにまだ三歳の私が魔力酔いするなんてありうるんだろうか。そんなことを考えているうちに瞼《まぶた》が重くなった。

しばらくうとうととしていると再び何かが近づいてくるのを感じる。

目を開けるのと同時に、バンッと大きな音を立てて扉が開いた。

お父様の胸から少し顔を出す。そこにいたのはお母様だった。

「おかーしゃま……」

「フィル！　苦いかもしれないけど、これを舐めて」

お母様が私の口に入れたのは茶色くて丸いラムネみたいなものだった。

すっごく苦い。漢方みたいな味がする。それでもなんとか舐めきると、お父様とお母様がえらいえらいと撫でてくれた。すると気持ち悪かったのもだんだんと落ち着いてくる。そして泣き疲れたのか眠気が襲ってくる。

「この子は愛護者なのかもしれないわ」

そんなお母様の声が遠くに聞こえる。愛護者？　なんだろうそれ。でもお母様悲しそう。良くないことなのかな……。聞きたかったけれど私は眠ってしまった。

それからもう一度目覚めると家だった。

そしてなんと次の日から本格的な外出禁止令が発動された。五歳になって魔力鑑定が終わるまで外出はもちろんのこと、我が家のメイドや執事以外の人との接触は禁止とお母様に言われた。

やっぱり夢うつつで聞いた愛護者というのが問題らしい。

では愛護者とは何かというと、魔力が膨大で精霊に愛される人のことだそうだ。

お母様によると私の体内にある魔力が体の中に収まりきらず、周囲の知らない人間の魔力を感じ取ったことで起きたものらしい。

本来は五歳になるまで魔力は感じ取れないけれど、私の場合は多すぎる魔力が溢れて他の人の魔力に影響されるのだそうだ。

家族や小さいときから一緒の使用人たちは大丈夫なのだけど、他の人の魔力は初めて感じるものだったせいで、酔って体調を崩したとか。ううん、誰からも愛されるっていうお願いのせいでこんなことになるなんて。

いや外出禁止令自体は問題ない。今までの生活と似たようなものだから。ただ……

「フィルー」

「あれ？　ここにいると思うんだけど」

問題なのはこれだ。兄様たちがさらに過保護になった。

それ自体はまだいいんだけど、勉強や仕事を後回しにして私の部屋に来るのが問題だ。

私のために自分のやるべきことを後回しにしてほしくない。

目をうるうるさせて、私のせいで兄様たちが悪い子になっちゃったって両親に言いつけてみたのにな……

私のことを探し回っている兄様たちの前に行く。

「リーベにいしゃま、エルにいしゃま。きょうはがくえんってやくしょく！」

そう、あまりにも私を優先するから、昨日約束させた。家を出る時間はとっくに過ぎている。これは確実に遅刻だ。ならば私がとる行動は一つ。

「にーしゃまたちが、がくえんにいくまでフィルはおへやからでません！　ゲイルー！」

そうしてゲイルを呼んだ瞬間、私は気づけば自室に帰ってきていた。

さすがゲイル。部屋の外でゲイルが兄様たちを説得している声が聞こえる。

これでさすがに兄様たちも学園に行くだろう。

やがて部屋の前が静かになった。

うん、今日も平和だ。

部屋で好きな本を読んでのんびりしていると、ふと自分のお腹から音が聞こえた。

窓の外を見ると太陽が真上にある。

もうお昼かぁ、お腹空いた……いつもなら昼食に呼ばれるぐらいの時間なのに誰も来ない。部屋から出ればお屋敷が騒がしかった。

何かあったのかな？

なんだかバタバタしているメイドのリリアに、何があったのか聞いてみる。

するとなんと私のお祖父様とお祖母様が私に会いにきたらしい。

お名前はディーンお祖父様とスカーレットお祖母様。

なんの連絡もない訪問だったから、使用人たちがバタバタしているみたい。

それだけじゃない。困ったことに今、うちにはお父様もお母様もいない。いるのはジュール兄様と私だけ……つまり、対応できる大人がいない。

私に関しては両親どちらかの許可がないとお祖父様たちと会うこともできないしね。

また私のお腹がぐう、と鳴る。リリアが、私たちのご飯の準備をするために慌てて厨房に向かってくれた。

忙しいところに申し訳ないけど、もしお祖父様とお祖母様にお会いするときお腹が鳴ったらよろしくないからね。

リリアが厨房に行くのを見送って、とりあえず私はジュール兄様を探すことにした。

ジュール兄様はうるさいのが苦手だけど、私と一緒なら大丈夫だからご挨拶ぐらいは一緒にできるはずだ。

この時間だとジュール兄様は多分温室かな？

でも屋敷がこんなにざわざわしていたらもっと静かな場所にいるかも。お父様の執務室のとなりに図書室があるからそこかもしれない。

「ジュールにいしゃまー？」

てこてこと歩いて図書室に着いたから呼んでみる。すると大きな音がした。

何かが落っこちる音と転ぶ音。音がしたからここにいると思うんだけど、と歩いていくと、お母様と同じピンク色の髪が見えた。ジュール兄様だ。

近づくと、しゃがんだジュール兄様の周りに本が散乱している。

落としちゃったのかな。

「フィルの声……したから……側に」

んーと、多分私の声がしてこっちに来ようとしたら、床に置いた本に躓《つまず》いたってことかな？

あんまりおしゃべりが得意じゃないジュール兄様だけど、慣れれば大体理解できるので問題はない。

「けがしてないでしゅか？」

「うん」

頷いたのを見て、私は現在の状況を伝えることを優先する。

「お、おじーしゃまと、おばーしゃまがきてて、おとーしゃまに、れんらくしたいんでしゅけど……」

噛みまくりだけど、しょうがないよ、三歳児だもん。

正直ジュール兄様とどっこいどっこいのわかりにくさだと思う。それでもジュール兄様は理解してくれたようだ。

「……連絡用の魔道具なら、執務室」

そう言って手を差し出してくれた。よーし、行きますか！

ジュール兄様と手を繋いでお父様の執務室に向かう。

執務室のテーブルの上に魔道具があるのを見つけて、ジュール兄様が取ってくれた。

連絡用の魔道具は通信相手が登録してあれば、相手を思い浮かべると勝手に繋がるってお父様が言っていた。

さっそく私はソファに座って魔道具を持って、お父様を思い浮かべる。だけど何も反応がない。

え、これ繋がってるの？　え？　どっち？　まだ？　まだなの？

あたふたしていると兄様がぽんぽんと撫でてくれる。ちょっと落ち着いた。

そのままじっと待っているとようやく魔道具から声が聞こえた。

『フィル？』

「おとーしゃま!!」

繋がった！　使い方合ってた！

魔道具越しにお父様の声がする。焦った声だ。

『どうしました？　体調を崩しましたか!?』

「ちがうの！　おきゃくしゃまでしゅ！」

『お客様……？　今日はそんな予定なかったはず』

「ディーンおじーしゃまとスカーレットおばーしゃまってリリアがいってました！」

『は？　……あんのクソ親父ッ!!』

お父様は意外とお口が悪いようだ。ちょっとびっくりした。お父様もそのことに気が付いたのか、すぐに優しい声に変わる。

『フィル、今からすぐ戻ります。……それまでおもてなしをお願いしてもいいですか？』

「はい！　やりましゅ！」

『ジュールもいましたね。フィルを助けてあげなさい。もしフィルが体調を崩すようなら引き離してくれ』

「うん……」

そう言ってお父様は通信を切った。魔道具からはもう何も聞こえない。

おもてなし。初めてのおつかいみたいでワクワクする。それにこれに成功したら少しは過保護が減るかもしれない。フリードリヒ家の娘としてしっかりおもてなししなきゃね！　最近はすることがなくて淑女教育を頑張って受けていたからそれも発揮したい。

一人、やる気に満ちていると、ちょうどリリアがご飯の用意ができたと教えてくれた。お腹がまたぐうぅと音をたてる。

うん、まずは腹ごしらえだね。

ジュール兄様とご飯を急いで食べてから、お祖父様たちが待っているというお部屋に向かう。

案内してくれたのは我が家の執事長アルバだ。うちの事はアルバに聞けば大抵の事は分かる。今回、初めてのご挨拶ということもあってついてきてくれた。

私はお祖父様とお祖母様に初めて会うけど兄様は会ったことあるのかな。どんな人なんだろう。怖い人じゃないといいな、お父様の両親だし大丈夫だよね？　というか挨拶って貴族の正式な感

じ？　それとも家族みたいに軽い感じ？　どっち⁉

……悩んでても仕方ない、なるようになれ！

ドアに向かって軽くノックして、深呼吸。それから覚悟を決めてドアを開いた。

「しつれいしまっ……す？」

え、お祖父様とお祖母様何をしてるの？　ドアを開けるとそこにはお祖父様と思われる人が土下座をし、お祖母様と思われる人が仁王立ちしている光景があった。

二人ともどこかお父様に似ている。

「もう！　だから言ったじゃないですか！」

「す、すまん、レティ……」

「約束もなしにカインの屋敷に来るだなんて！　迷惑になることを考えなさいな！」

「だが、ま、孫娘が生まれたと聞いてな？」

「それでも急な訪問はいけません！　屋敷の者も困っていたでしょう⁉」

お祖父様が押し負けている。そうか、この急な訪問はディーンお祖父様のせいだったのか。なんか、お母様たちを見ているみたい。うちのお父様もお母様に弱いのだ。

というか、会いたがってた孫はここにいるよ！　というか私の魔力は漏れてるはずだから気づいてもおかしくないんだけどな。ここに割って入れるほど私の心は強くない。

ちらっと助けを求めてジュール兄様を見ると、兄様はじーっとお祖父様たちを見ていたけれど、部屋の窓際に置かれた植物に興味が移ったようで、そちらを見ている。兄様実は鋼メンタル？

「フィル様」

おろおろしているとアルバが声をかけてきた。

「こうなられたスカーレット様は長いですのでお話を待つ必要はございません。話しかけても大丈夫ですよ」

「ほんと？」

「はい」

アルバの言うことなら信用できる。よし、頑張るよ。おもてなししなきゃだもんね！

私は未だ言い争っている二人の前に進むと、三歳児なりに声を張り上げた。

「お、おじーしゃま！　おばーしゃま！　ふぃ、フィエルテ・フリードリヒでしゅ！　ようこそおいでくだしゃいましたっ！」

何とか言い切った！

ちゃんと教わったカーテシーもできたし、大丈夫なはず。

ちらっとアルバを見るとニコニコ拍手してるしね！　大丈夫だよね！

しかし反応が目の前の二人から返ってこない。何か間違えただろうか、と見上げるとスカーレットお祖母様が私をグイッと抱き上げた。

「まぁ、まぁまぁまぁ！　なんて可愛らしいのっ！　あなた！　見てくださいな！　天使のように愛らしい……きっと聖女様のように美しい子になるわ！」

「おぉ、これは確かに妖精のようだ！　両親にもよく似ておる」

天使、聖女、妖精。

うちの家族は私のことを褒《ほ》めすぎでは!? なんでみんなこんなにでろでろなの！ 私、まさか魅了魔法みたいなの使える感じ!? そんなのいらない！ 褒《ほ》められるのは嬉しいけど褒《ほ》められすぎるのは怖いよ！

リリアがお茶の用意をしてくれたから、すぐにおもてなしに移りたいのにお祖父様とお祖母様が手を放してくれない。

このままだとおもてなしできずにお父様が帰ってきてしまう。初めて任された仕事を失敗するなんて嫌だ。

そう思いながらも目の前の二人は止まらない。ジュール兄様も声をかけられないみたいだし……そう思っているとついに部屋の中に新しい声が響いた。

「私の可愛い娘に何をしてるんですか」

「おお！ カインか」

間にあわなかった……。おもてなし頑張るって言ったのに。できると思ったのに。ちゃんと任せられたお仕事ができたら少しは過保護じゃなくなると思って、心配しなくてもいいよって言えると思ったのに。

なんだか、泣けてきた。これは、だめだ。涙が零《こぼ》れないように耐える。

「フィル」

柔らかなお母様の声。なんで？ 帰ってくるのはお父様だけじゃなかったの？

「おいで？」

「ふぇ、おかーしゃまぁ！　ごめんなさい！　おもてなし、できなくて……」

お祖母様の手からお母様に移って大号泣してしまった。

「アルバからカーテシーが綺麗だったって聞いたわ、頑張ったわね」

「ひっく、でも、おもてなし……」

お茶を出して、お菓子も……なんて、昔は普通にできていたのに。悔しさが勝《まさ》ってしまう。

「父さんの暴走に母さんが説教してたんだから。フィルは悪くありませんよ」

「よく頑張ったわ。お母様たちすごく嬉しいわよ？」

ぽろぽろと涙が零《こぼ》れる。お母様もお父様もそう優しく言ってくれる。おかしいなぁ、前世の年齢的にこんなことで泣いたりしないはずなのに、本当に身体の年齢に引っ張られているみたいだ。

「フィエルテ……ごめんなさいね？　私たちのせいであなたを泣かせてしまって」

「すまなかった、愛らしいお前を見て少々舞い上がりすぎた」

お祖母様とお祖父様が謝ってくれる。

そもそも私が勝手に泣いたんだし、謝る必要なんてないんだけど。私は涙をぬぐって二人に改めてお辞儀をした。

「フィル、おじーしゃまとおばーしゃまのことしゅきでしゅ。……ないちゃってごめんなさい」

「いいのよ！　悪いのはディーンだもの！」

「れ、レティ……」

お祖父様がずっとお祖母様に怒られている。その様子は、お父様がお母様に叱られている様子にそっくりだ。私が屋敷で転んだとき、お父様は屋敷の硬いところをすべて柔らかくしようとしたり護衛を増やそうとしたりしてお母様にやりすぎって怒られてたもんね。

でもお父様とお母様と同じ感じなら、きっとお祖母様もすぐ機嫌は直るはず。

位《くらい》の高い貴族は愛人や側室を持つことがある。でもうちは公爵家だけれどお父様はお母様一筋だ。

この様子を見ていると、お祖父様もきっとそうなのだろう。お祖母様に謝ってるけど雰囲気は優しくて甘い。

本格的にいちゃいちゃし始めそうな二人にお父様がごほんと咳払いした。

「で？　二人は何をしに来たんですか？」

「そんなもん、孫娘に会いに来たに決まっとる。初めての女の子の孫じゃからな！」

「フィエルテが五歳になるまで待つように手紙を出したはずですが」

「そんな手紙、届いてないわよ？」

お父様の言葉にお祖父様もお祖母様も首を傾げている。

私に会うためにわざわざ領地からきたのか。結構遠いよね？　手紙と入れ違いになっちゃったのかな？

お父様がジュール兄様に手紙を渡して出すように頼んだと言ってるけど……ジュール兄様？

ちらっと隣を見るとジュール兄様がそっぽを向いていた。どうやら手紙を出すのを忘れていたようだ。

「あらあら、ジュールは相変わらずねぇ。ディーンそっくりだわ」

なるほど。ジュール兄様はお祖父様似だったのか。

にしてもみんないつまで立ってるんだろう、と考えていたらお祖父様たちはもう帰ると言い出した。元々王都に用事があったからついでに寄っただけだそうだ。

嵐のようだった……、お見送りをしてから思わずため息をつく。

にしてもお祖母様めちゃくちゃ綺麗だったな、お祖父様もかっこよかった。そりゃお父様かっこいいよね。遺伝子最高だもん。

それに、自然とお祖母様をエスコートしているお祖父様と、それを当たり前のように受け入れるお祖母様がすごく素敵だった。

お父様たちもお互いを想いあっているのが一目で分かるし。

もしかして神様の言っていた『運命の番《つがい》』なのかな。

お見送りをした後の玄関で、思い切って聞いてみることにした。

「おとーしゃまとおかーしゃまはうんめいなのでしゅか？」

「え？」

「ほんにかいてありました。うんめいのつがいって」

「ふふ、そうねぇ。どうかしらカイン？」

「アイシャは紛れもない私の運命ですよ。どうせ今日はこのまま家にいますから、フィルの疑問に答えましょうか。ジュールもいつの間にか外の花壇にいるようですし」

ちらっとお父様の向けた視線の先に、ジュール兄様が見えた。

本当だ、いつの間に。ジュール兄様、手紙のこともあって逃げたな。

それでものんびりと笑っているお母様とお父様。我が家ってやっぱり少し変わっているのかもしれない。


目の前には紅茶が三つ。そして私はお父様の膝の上。

まぁ、三歳だしいいんだよ？　でも毎回膝の上じゃなくてもいいのでは？

ご飯やレッスンの時以外で家に保護者がいる時は常に抱っこって……いずれ歩けなくなりそうで怖い。


「おとーしゃま、フィルひとりで」

「だめです」

「あい……」

最後まで言わせてもらえなかった。

しょうがない、あと数年もすれば抱っこは卒業できるはず。それまで我慢だ。

さて、とお母様が話を切り出す。まず『運命の番《つがい》』というものについてどこまで知っているのかと聞かれ、本の内容を思い出す。えーと、『運命の番《つがい》』は運命の夫婦のことで、魔力の波長が合う人同士がなりやすい。

それをどうにかお母様に伝える。お母様はにっこり笑ってくれた。

「その通り。そこまで分かっていればいいわ。それでね、魔力の波長っていうのは本能で見分けるの。なんとなくこの人は好き、この人は苦手ってね？」

お母様は話を続ける。

魔力の波長は魔力の質に左右される。だから魔力の強い相手同士で惹かれあうことが多い。そしてそれは種族の差も多少影響するらしい。

たとえば、獣人や竜人族は波長をとても大事にする。波長が合わなければ近寄らないし、反対に波長さえ合えば仲良くなれる。それを『理性的ではない』と言って人間の貴族の一部では、獣人への差別の理由になっているらしい。

「フィエルテは精霊から愛される愛護者だから、もしかしたら人間ではない『運命の番《つがい》』に出会うのかもしれないわね」

そして抗《あらが》うことのできない波長というものがある。それが『運命の番《つがい》』だという。

この人じゃなきゃだめ、この人以外はいらない。この人がいて私は存在すると思える存在。

その人と触れ合えば形容しがたい幸福感に包まれる。それゆえに『運命の番《つがい》』を求める人は多く、特に波長を大切にする獣人族や竜人族はその傾向が強いそうだ。

でも、『運命の番《つがい》』とはそうそう出会えるものではない。

獣人族や竜人族の中には出会えずに悲しみに暮れてこの世を捨ててしまうこともあるらしい。

壮絶な話だ。でもそれほど愛されるのは少しだけ羨ましい。

神様は私にもその『運命の番《つがい》』がいると言っていたけれど……

お父様はお母様の手を優しく握って微笑んだ。

「先程の質問ですが、私とアイシャは『運命の番《つがい》』ですよ。出会った瞬間に惹かれましたから」

「そうねぇ、やっと出会えたって感じたわ。カインと初めて会ったのに」

「じんぞくもうんめいのつがいになれるんでしゅか」

そう聞けば、お母様曰く、魔力が多く強ければ理性より本能で生きるから、そういうこともあるとのこと。ただ、人族の『運命の番《つがい》』が一番珍しいそうだ。

「それと、獣人や竜人は元々番《つがい》への執着がすごいの。番《つがい》が他人と仲良くするのを避けたがるし、実の子ですら番《つがい》との時間を邪魔ると怒るから」

二人の言葉に自分の『運命の番《つがい》』が誰なのかすごく気になった。私も運命にちゃんと出会うことができるかなあ……？

心配に思っていると、お母様は私の頭を優しく撫でてくれた。

「この世界で一番大切なのは想像力、イマジネーションよ。だから、あなたの望む世界を、未来をしっかり思い描ければ大丈夫」

そっか、そうだね。悪い想像ばかりしていたらよくないよね！

この世界は不思議な力で溢れているから、しっかり思い描けばそれは現実になりうる。

「はい！」

私が全力で頷くとお母様はいい子ね、と言ってクッキーをくれた。

その日はそれでお開きになった。

◆

それから数日して、目覚めるとなんだか不思議な感覚に襲われた。温かい感じ、冷たい感じ、その他にもいろんな感覚が自分を中心にふわふわ動いている。みんなの魔力……でもなさそう。自分がレーダーにでもなったようだ。

部屋に入ってきたリリアは朝の挨拶をすると、いつものように私の髪を結びはじめた。その様子にいつもと違いはない。私以外には分からないのかな？

そう思っていると再び勢いよく私の部屋のドアが開いた。

「フィルー？　今日はみんな休みだからな！　何して遊ぶ？」

「リーベにーしゃま!!」

リーベ兄様が部屋まで来てくれたのだ。今日はみんなお休みらしい。それならどこかに出かけてもいいのに、私が外出禁止になってからは家族みんながずっと家にいてくれる。

「お、可愛くしてもらってんな？」

リーベ兄様がにこっと笑う。相変わらずのイケメンだ。私も全力の笑顔で返すことにした。

「リリアにかわいくしてっていったらかわいくしてくれるの！　リリアはすごいでしゅよ！」

「そうかぁ。リリアにありがとうを言わないとな」

「はい！　リリアいつもありがとう！」

「フィルお嬢様……。こちらこそありがとうございます」

リリアが嬉しそうにしてくれて私も嬉しい。

いつかお返ししたいな。何をプレゼントしたら喜んでくれるかなあ……

「フィル？」

「はっ！」

いけないいけない。

考えてたらぼーっとしていた。何して遊ぶ……かぁー。何しようかな。

んー、あ。そういえば聞きたいことがあったんだった。

「にーしゃま」

「ん？」

「フィル、ききたいことがあります」

「なんだ？」

えーと、と目をつぶって、今朝から周りにある不思議な感覚を追いかける。

温かい感じ、冷たい感じ……いっぱいあるのはあそこか。

ついてきてください！　とリーベ兄様を引っ張って部屋を出た。

向かう先はテラス。私は一生懸命走って向かおうとしたけど、すぐにリーベ兄様に抱きあげられた。

「どこだ？」

「テラス！」

自分で行けるのに……！　と思うのだけど、私を抱っこしたリーベ兄様はご機嫌だ。すぐに私をテラスまで連れて行ってくれた。

テラスに着いてざっと周りを見渡してみる。

やっぱりここだ。

「にーしゃま。これなんでしゅか？」

「これ？」

一つずつ指で指しながら答える。

「ここはあったかくて、ここはつめたいでしゅ。あとあそこはピューピューしててあっちはきらきら！　ほかにもしょくぶつのにおいのところと、くらいかんじがありましゅ！」

何もない所が冷たかったり、植物の匂いがしたり。みんな気にしてないからそういうものなのかと思ってたけど。

リーベ兄様を見るとびっくりした顔で私を見つめていた。

え、なに？　何かおかしかった？

「まじか……そういやヒビ入ってたんだっけなー……」

「へ？」

「それが何か教えてやるからとりあえず母さんの所に行こうな。……母さんは知ってた方がいいだろうし」

最後の方は聞き取れなかったけど、お母様の所に行ったら、これが何か教えてもらえるのかな？　この世界のことや、新しいことを教えてもらうのはすごく楽しくて嬉しい。だからいっぱい知りたい。一番はやっぱり魔法について、だけどね。

やっぱり魔法とかファンタジーはワクワクするもん。

リーベ兄様は再び私を抱き上げると、心配そうに私のことを見つめた。

「冷たいのとかあったかいのの近くにいて気分が悪くはならなかったか？」

体調とかは特に悪くならなかったけど、なんだか今後ろからついて来ているような。

「なかったでしゅ、でもいまついてきてる……？」

「ついてきてるなー、まぁ喰《く》われてないしいいけど」

「たべられる？」

私、食べられちゃうの？

正体は良くないやつなのかな？　ちょっと怖くなって体に力が入る。

するとリーベ兄様は私の頭を撫でて、微笑んだ。

「まぁ大丈夫だとは思うが、少しでも体調が悪くなったら叫べ」

「あい」

てくてくと歩いていると、みんながいつも集まる談話室に到着した。

リーベ兄様、迷うことなくここに来たけどお母様はここにいるのかな？

ガチャッと音を立てて扉を開ける。そこには本当にお母様がいた。

お母様いたよ。すごいねリーベ兄様。もしかして魔力感知ってやつかな？

「あら、リーベにフィル、どうかしたの？」

「フィルに説明してほしいことがあってさ」

それから私が伝えたことをリーベ兄様がお母様にも伝えると、お母様も驚いたような顔をして私の体をペタペタと触りはじめた。

ついでとばかりにほっぺたをむにむにされた気がするけど気のせいかな？

「結界にヒビが入っているとはいえ、精霊をはっきりと属性ごとに感じるなんて……」

「ちゃんと説明した方がいいと思ってさ、こういうのは母さんに聞いた方が早いだろ？」

「そうね、フィルいらっしゃい」

「あい」

ぽんぽんとお母様がお膝を叩くのでリーベ兄様にそこに乗せてもらう。

お母様が後ろからお腹に手を回してゆらゆら揺らしながら説明してくれる。

「フィルが今まで感じた気配は全部で六種類？」

「はい、むっつでしゅ」

「やっぱり全部感じるのね……フィルが感じた気配っていうのは精霊のものよ」

「せいれい!?　でも、ごしゃいまでみえないしかんじないんじゃ……？」

魔力の鑑定式で体の周りに張られている結界を壊さない限り、五歳未満の子供は精霊を見ることはおろか感じることすらできないはずだ。

でも、それは結界がちゃんと機能している場合の話なのだとお母様は言った。

私はこの前外出した際に、他の人の魔力をたくさん受けて、その結界にヒビが入ってしまっている。そのせいで精霊の気配を感じることができたらしい。

暖かいのは火の精霊。冷たいのは水の精霊。植物の匂いは土の精霊。風が吹くところは風の精霊。あとは光と闇。いつのまにかすべての属性を感じ取っていたみたいで、お母様はすごく心配していた。

精霊は魔力をご飯としていて、自分を認識できる相手の魔力を欲しがる。

普通は自分の意思で魔力をあげたりあげなかったりを選択できるけど、私の場合は常に体から魔力が溢れているせいで精霊が勝手に魔力を食べることもできるのだとか。

魔力を食べられすぎて枯渇《こかつ》したり、沢山の属性の精霊に触れたせいで魔力に酔ったりしていないかって心配されてしまった。

特に体調は悪くなってないし、今のところなんの問題もなさそうだ。

そう伝えるとお母様はほっとした顔になった。

それよりも。気配がまた近くにいる。見ることはできないのだけど、なんとなくくるくると周りを見回してしまった。

「フィル？」

「ここにも、いるでしゅか？」

「そこにいるのは母さんが契約してる風の中位精霊リーンだな」

「リーンしゃん、よろしくおねがいしましゅ」

どうせ存在を感じるならと、試しにペコッと挨拶してみる。

すると、リーンと呼ばれた精霊らしき風が、私の周りでぴゅーぴゅー回りだす。

「ふふ、リーンがよろしくねって言ってるわ」

「……フィルも、せいれいがみえるようになったらけいやくできましゅか？」

「そうねぇ、きっとできると思うわ。うちには契約した精霊がいっぱいいるから未契約の精霊はあまり近づかないように牽制してもらってるけど、フィルが五歳になったらそれもやめるもの。いっぱい遊びに来てくれると思うわ」

なるほど。確かに、今既に精霊たちがいっぱい来ていたら、私の周りは暖かかったり冷たかったりと大変なことになっていそうだ。見えないところでも守られていたんだね。

はっきりと鑑定された訳じゃないけど、どうやら私が愛護者なのは確定のようだ。初代国王も愛護者だったんだっけ。どんな精霊と契約してたんだろう。

「どうやってけいやくしゅるんでしゅか？」

「気になる？　ふふ、それじゃあ少しお勉強しましょうか」

そう言って、お母様は図書室まで私を運んでくれた。

リーベ兄様はお茶の時間まで森で昼寝するって言っていなくなってしまった。私の周りに来たがる精霊をこっそり説得していて疲れたらしい。

昨日と同じようにお母様の膝の上に座らせてもらう。

「まず、契約っていうのは魔力量が多い人じゃないとできないわ。そして、精霊にも位《くらい》があって、高い位《くらい》になるほど契約の時と契約後の魔力量の消費が激しいの」

なるほど。

精霊は自由。自由だからこそ力の強さがものを言うらしい。強い精霊であるほど自由に振る舞うことができて位《くらい》も上がる。それに高位の精霊になるほど数も少なくなるみたい。生まれ持った魔力量で位《くらい》は決まっているが、契約することで契約主の魔力量によっては位《くらい》が上がる精霊もいる。

そして、中級や上級の精霊は契約を嫌がることも多いから基本的に下級の精霊と契約してる人が多いんだって。質より量って考えの人もいるみたい。それに精霊だけではなく召喚獣——魔獣との契約という方法もあるそうだ。

「契約自体は簡単なの。精霊に気に入られて、魔力を込めた名前をつけることができれば契約は完了する。気に入られなければ付けた名前は跳ね返されてしまうの」

お母様の言葉にこくりと頷く。

じゃあどんな精霊にも愛される愛護者ってすごいのでは……？

どきどきしながら続きを聞く。

一度契約したら基本的には一生契約が解除されることはない。だから契約というのは一生を共にするパートナーになることなの、とお母様は続けた。

たまに酷い扱いをして精霊から契約を破棄される人もいるらしい。

人が自然に勝てないように、自然から生まれた精霊に何かを強制することはできない。精霊の気分次第でいつでも契約の破棄はできる。まぁ精霊も美味しいご飯である魔力を毎日食べたいから、滅多なことでは契約破棄なんてしないそうだけど。

「おかーさまとリーンはなかよしでしゅか?」

「ふふ、そうよ。それにお母様にはもう一人、契約している精霊がいるのよ」

「もうひとり?」

「そう。その子はねぼすけさんでとってものんびりしてるわ。土の精霊よ」

へー! 精霊にも性格があるんだね。

いつか私も仲良く過ごせる精霊と契約できるといいな。この世界に来てわかったけどこの世界、とっても繋がりを大事にする。他種族間の繋がりや人と自然の繋がり。縁っていうのかな? そういうのを大事にしているように感じるからなんだか心がポカポカする。

「フィルもなかよしになれるでしゅか?」

「それはあなた次第よ。一生を共にするパートナーだもの。大事にしてあげてね。そして、どんな壁も一緒に乗り越えていくのよ」

「あい!」

お母様の精霊が私の周りをクルクルクルクル回っているようだ。柔らかい風が私の髪を揺らす。リーンはすごく元気な子みたい。それに、大丈夫だよって励《はげ》ましてくれてる気がする。

早く五歳になりたいな。魔法を使えるようになって、いろんな事に挑戦したい。

なでなでとお母様が私の頭を撫でてその後も色々なことを教えてくれた。五歳になったら詳しく勉強できるからと。

楽しみだなあ！

第二章　お城に呼ばれたよ

ついに！　外出禁止令が！　解除されたよぉぉぉぉ!!

そう、私は五歳になった。

屋敷から出ることができないとても不自由（そうでもなかった）な生活も終わりを迎えた。

自分の部屋でそう快哉《かいさい》を叫んでいるとドアが開いた。

「フィル」

「ジュール兄様？　何かご用ですか？」

「父さん……執務室に来てって」

「分かりました！」

そして私、ついに噛み噛み卒業したんですよ！

お嬢様らしい言葉遣いもできるようになったし、もう何も怖いものはない！

にしても、ジュール兄様はスッと私を持ち上げてお父様の執務室に向かっている。

五歳になっても抱っこから逃げることはできなかった。

まぁ、学園入学までに卒業できればいいか、な？

ジュール兄様が私を執務室の前まで運んでから片手で器用にノックする。室内からお父様の声が響いた。

「誰です？」

「ぼく……」

兄様、ぼくってオレオレ詐欺じゃあるまいし。さすがのお父様も怒るんじゃ……

「フィルは？」

「つれてきた」

「よし！　入りなさい！　すぐに！」

もう、何も言うまい。

私が部屋に入った瞬間、お父様がダダダッと近寄ってきてジュール兄様から私を奪い取る。

あぁ、ほら、ジュール兄様がしょぼんとしている。お父様に抱きかかえられた私の服の裾を握っていて、なんて可愛いんだ。ほんと、うちの兄様最高に可愛い。ジュール兄様、と呼ぼうとしたけれど、お父様にぎゅっと抱きしめられているせいで声が出ない。というかもはや苦しい。

意識がふっと飛びかけた時、別の柔らかい何かに包まれた。お父様とは違う絶妙な力加減。

んー！　安定の！

「お母様っ」

「もう、カイン？　あなたフィルを殺す気？」

「はっ！　すみません、軽すぎて抱いている感覚が……」

五歳とはいえそんな軽いわけないでしょお父様。そうこうしている間にお母様がジュール兄様を戻らせている。そして三人になるとお父様は一通の手紙を差し出した。手紙を開くと魔力鑑定式のお知らせと書いてある。

私の顔は輝いたことだろう。だってこれでようやく魔法の練習ができるんだもん！　ずっと学びたかったからね！

鑑定式は基本地域にある教会で行われるけど高位貴族の多い王都は別。王城に子供たちが集められ、魔力鑑定を受けるそうだ。そこでは自分の魔力量、属性、精霊の好感度を知ることができる。

「鑑定式はいつですか!?」

「一ヶ月後です。その後は陛下への謁見があります」

「お父様とお母様が謁見をなさるのですか？　なら私はゲイルに迎えに……」

「フィルもよ。多分婚約のことではないかしら？」

こんやく？　ん？　こんやくって？

予想していなかった言葉に目を瞬《またた》かせる。するとお母様が微笑んで首を傾げた。

「あらぁ、お顔が変よ？　フィル」

「婚約って……？」

「フィルと王族との婚約についてよ。順当に行けば、第二王子と歳が近い子で一番高い身分の女の子はあなただもの」

私は図書室で読んだこの国の貴族事情を思い出して顔を引きつらせる。

そういえばこの国に公爵家は三つ。その公爵家の中で私は唯一の女の子と書いてあった。とはいえ、お母様の兄である国王の息子ってことは従兄《いとこ》と婚約ってこと？　うわぁ、なんでよ、他家の皆さん頑張ってよ。頑張ったからってどうにかなるとも思わないけどそもそも私は唯一を探すって決めてるんだからやだよ。

私はそもそも家族に愛されて、『運命の番《つがい》』に出会えればもうそれだけでいいのに……こればかりはとんでもなくチートな我が家に生まれてしまった弊害かもしれない。

「大丈夫よ。あなたが嫌なら政略結婚なんてさせないわ。心配しないでフィルは自分の『運命の番《つがい》』を探せばいいのよ」

「でも、『運命の番《つがい》』を見つけるのは……」

難しい。諦めるつもりはない。だけど見つからないのが当たり前と言われているんだもん。

神様はすぐに出会えるはず、と言ってくれたけど手がかりがある訳じゃないし、会って初めて分かるのだから自分から探すのは難しいだろう。

そうするとまたちょっぴり泣けてきた。なんだかこの世界に来てから随分泣きやすくなっている気がする。ぐっと目に力を入れた時だった。

「父さん入るよ？」

この声はエル兄様？　コンコンという軽いノックの後にエル兄様が部屋に入ってくる。

お父様が怪訝そうに尋ねた。

「エル？　何かありましたか？」

「いや、フィルが泣いている気がして」

またただ。エル兄様は私の感情にすごく敏感なのだ。私を見つけるのがとにかく得意だし、私が困った時には絶対側に来てくれる。私の伝えたいことを何も聞いてないのに理解してくれる。

私自身エル兄様の側にいるのはすごく落ち着く。

そういえば、赤ちゃんの時に頭を撫でられて一番落ち着いたのはエル兄様の手だったっけ。

そんなことを二人で話しているとお父様とお母様が目を見合わせた。

「守護者が兄妹の時ってありましたっけ？」

「んー、でも兄妹のように仲良しだったことは確かね」

守護者ってなんだろう。愛護者とか、守護者とか私を取り巻く言葉ってややこしい。

むむむ……と顔をしかめているとエル兄様がひょいと私を持ち上げた。

「フィル」

「エル兄様……」

「ぎゅってする？」

「……する」

ぎゅううううう。暖かくてほっとする。兄様の属性は風と氷のはずなのに暖かいのはなんでなんだろう。グリグリとエル兄様の胸に頭を擦り付けたら安心した。

「兄様もう大丈夫です。ありがとうございます！」

「んー、でも兄様がフィル成分補給できてないからまだだめ」

「ふふ、私成分ですか？」

「そう。兄様一日に五回はフィルにぎゅっとしないと死んじゃうからね」

「それは困りますね」

額をコツンと合わせて微笑み合う。どこかほっとする。

エル兄様の言い方は大袈裟に聞こえるけど、実は冗談って笑い飛ばせないところがある。

前に学園で泊まり学習があった時は、帰ってきた兄様が一週間私から離れなかった。何をするにも側にいて一緒に寝る。いつもは私のことを取り合う家族から守ってくれる冷静なエル兄様がベッタリな様子は怖いくらいだった。

エル兄様はもう一度軽く私をぎゅっとしてから、お母様を見た。

「お話はもう終わりですか？」

「えぇ、終わりですよ」

「それじゃあフィル。今日は森に行こうか」

「お庭の森ですか!?」

思わず大きな声を出してしまった。

お庭の森とは空間魔法でこの家の庭と繋がっている領地の森のことだ。

空間魔法はお母様がかけている。ここまで大規模な魔法を使えるのはこの国一番の魔術師であるお母様だけ。それでもやっぱり長時間は繋げていられないので、毎日時間を決めて繋げているって言っていた。

お出かけは中々できないから、せめて庭の森に……、ってさすがエル兄様。

エル兄様と手を繋いでニコニコと執務室を出る。それにしても森か……窓から見た時はもふもふがいっぱい見えたから気になってたんだよね。動物は大好きだ。特にふわふわもふもふしたもの。

前世じゃ母が動物嫌いで飼えなかったから触れ合う機会が全然なかった。

今世は召喚獣とかあるくらいだしいっぱいもふもふしたい！


森に向かうとそこは天国だった。

もうね、見渡す限り、小さなもふもふがたくさん。リスとかうさぎとか！　普通の動物だけではなく、中には魔獣や魔物もいるとエル兄様が教えてくれた。魔物は凶暴なものでなければ、必ず討伐するということではないのだそうだ。愛玩用の魔物とかも売買されている。

歓声を上げたくなるのをぐっと我慢して、もふもふたちに逃げられないように、エル兄様と少し離れた大きな樹の下に座る。エル兄様にもたれかかるように座って、動物たちからわざと視線を外した。

小動物とかは特にこちらから近づくと逃げてしまうから我慢する。

じっと待っているとエル兄様に頭を撫でられた。いい感じの木漏《こも》れ日と合わせて眠くなってきてうとうとし始めるけれど、頑張って目を開けていると、だんだん小さな生き物たちが寄ってきてくれた。

真っ白なリスみたいな生き物に、全身がふわふわもこもこでどこが顔かよく分からない生き物。異世界って感じだなあ、と思いながら眺める。

「もふもふいっぱいですねぇ」

「そうだね」

少しずつみんな警戒しなくなってきたかな？　ちょっとでも触れたらいいなあ、と思いながらふと、視線を上げる。すると木々の奥に大きなもふもふが見えた。近くで見たくて、思わず立ち上がりその大きなもふもふに近づく。

あれは……と目を凝《こ》らしたとき兄様が私の肩を強い力で掴んだ。

「狼！」

そのままぐいっと引っ張られて、エル兄様に抱き上げられた。

兄様、焦ってる？　え、と思ってそのもふもふを改めてよく見る。それは白銀の狼だった。

あ、そっか。野生の狼だもんね。危ない危ない。もふもふにつられて抱きつくとこだった。ガブッといかれちゃうかもしれなかったのか。それに私は魔力暴走を起こす可能性があるからなるべく大きな感情の揺れを起こさないように言われてたんだ。ついもふもふにつられてしまった。

それにしても遠目にも綺麗な毛並みにどうしてもうずうずしてしまう。

じっと見つめていたら狼もじっと見つめ返してきた。

なんとなく、なんとなくだけどあの狼には近づいても大丈夫な気がする。

おいで……、とそっと声に出してみた。

エル兄様が驚いて私を止めようとしたけど、ぎゅっと手を握って大丈夫と伝える。

「おいで」

今度こそはっきりと声を出して、狼を呼ぶ。

狼はエル兄様を気にしながら、ゆっくりと一歩ずつ近づいてくる。その目には私たちを食べてしまおう、という怖さはない。兄様もいつでも私を庇えるようにか腕に力が入っていたけど、狼が近づくにしたがって腕の力を抜いた。

狼は私たちの目の前に辿り着くとちょこんとお座りしてこちらを窺《うかが》っている。今ならもしかして触れるかも。

私はぴょんと兄様の腕から降りる。

「触ってもいい？」

「わふっ」

聞いてみると、狼は言葉が分かっているように、スッと伏せをしてしっぽをゆらりと振った。

いいってことかな。そっと近づいて毛並みに手を這《は》わす。

うわ、サラサラ。手入れなんてされてないはずなのに銀色の毛並みはとっても滑らかで指通りがいい。眼は柔らかなシルバーで瞳には金色に輝く月の模様が入っている。

「兄様！　この子とってもおりこうさんです！」

「……月の瞳。この森の主の一族がなんでこんな所に」

思わず兄様を振り返ってそう言うと、兄様は別のことに驚いているようだった。でもどう見てもこの子は危なくなさそうだし。今度は狼に埋もれるようにぎゅっとしてみる。

「ふわぁ、サラサラのもふもふ！　可愛い！」

「フィル……もう少し警戒心を持とうね？」

「う、はい」

怒られちゃった。

でも、もふもふに包まれてる私はご機嫌だ。

あぁ、ふわふわ、連れて帰りたい。にしても森の主の一族ってなんだろう？

そう思っていると、私の考えを読んだように兄様が教えてくれた。

大きな森や湖、海や洞窟には『主』と呼ばれる存在がいること。それは善《よ》いものと悪いものがいる。善《よ》いものがいる所はとても豊かに植物が実り、多くの種類の生き物が過ごしやすい。逆に悪いものがいるところはその地の生き物は魔に染まる。害ある魔物が増え、森は荒れる。そしてこの子はこの森の主の一族らしい。

今の主はムーンウルフ。月。夜の女神の加護を受ける狼だ。

なるほど、この毛皮は月の光の色なのか。でも確かに森の主の一族だとしたら、なんでこんなところに？

「この子、はぐれたんでしょうか？」

「もしかしたら、フィルが初めて森の中に入ってきたから見に来たのかもしれない。それに片耳が黒いからこの子は、森の主の一族どころか森の主そのものだよ」

兄様の声が少し震えていて、目の前の狼が実はとんでもない存在だったことが分かった。私もあわててもふもふしていた手を引っ込めて、その場でカーテシーをする。

「この子が!? 急にごめんね？ 森に入ることを許してくれますか？」

「バウッ」

おぉ、しっぽがブンブンしてる。これはこれからも森に入ってもいいってことかな？ よかった！

狼さんとしばらく触れ合っていると、他の小さなもふもふたちも近づいてきてくれた。撫でるとみんなトロンとした表情になってめちゃくちゃ可愛かったし、私が動物に好かれまくるもんだから兄様はびっくりしてた。

うん。もふもふパラダイス最高。

◆

そんな森でのもふもふパラダイスから数週間。

慌ただしく謁見についての勉強やドレスの採寸が行われたせいでくたくただ。

今日はいよいよ鑑定式だ。それ自体は嬉しいけど、正直その後の謁見が嫌で素直に喜べない。

そもそもお父様たちに私は愛護者だから、精霊たちの好感度は最高ランクだろうと言われている。

その場合、魔法を手伝ってくれる精霊たちも全属性いるわけだから、使える魔法属性も全属性じゃないかって。

そこまで分かっているなら鑑定なんていらないのでは？　と思うけど結界を外してもらわないと魔法が使えない。特に、私は魔力が多いので感情を強く動かしすぎると魔力暴走の危険があると教えられた。だから、やはり魔力のある程度正確な量が分かる鑑定は必要なのだという。

リリアに着替えを手伝ってもらって、出かける前の最終確認をする。謁見もあるからって、今日は少しつやのある生地の淡いすみれ色のドレスだ。子どもらしく少しふわっとした裾に少しだけかかとのあるピンクのパンプス。髪飾りは銀のカチューシャを着けてもらった。

鏡の前でくるりと回っていると、部屋のドアが開いた。

わざわざお父様が迎えに来てくれたようだ。なんだかんだ言ってもおめかしは初めてだし、変なところがないか見てほしいな。

「お父様！」

「あ、あ……」

そう思って全力の笑顔で振り返るとお父様が固まっていた。

どうしたんだろう？　いつもならすぐ抱きしめてくれるのに。どこか変だったかな？

「あ、あい、あいしゃあああああ！」

耳がきんとする。大きな声にすぐお母様も顔を出した。

「もう、カイン？　外まで響いてるわよ？」

そしてお母様も顔をぱあっと明るくする。

「って、あらあらまぁまぁ！　なんて可愛いの!!　リーベ！　エル！　ジュール！」

え、呼ぶの？　みんなエントランスに集合してから出かけるのに？

結局お兄様たちも集まって家族が全員集合してしまった。

かわいいかわいいと大合唱で褒《ほ》められるけど、時間とか大丈夫なの!?

早く行かないと遅刻しちゃうよ。

私が内心オロオロしてたらエル兄様が助けてくれた。

みんなをなだめて、しれっと私を抱っこして出発する。

これぞ神業。みんなが私を取り合いすることを見越した上での行動。さすがです。


さて、転移でやってきたのはお城の中、大広間のような所だ。

受付の人が我が家の到着を報《しら》せる。私たちが一番最後っぽい。やっぱり遅刻だったのでは……と思って周りを見回す。誰も怒ってはいないようだけど。

みんなが揃ったことで今日の説明が始まった。

名前を呼ばれた順に、鑑定をする部屋に案内されるとのこと。それまでは各自自由に過ごせるらしい。貴族には個室を用意してあるのでそちらで待っていてもいいと言われた。

すると手慣れたように、高位の貴族の子たちは個室に向かっていく。

私も目立たないようにそっちで待っていようかな……

さっそくお父様に声をかけようとしたら、小さな悲鳴が聞こえた。

なんだろう、と振り向くとどうやら貴族の令嬢の子が、同じ年くらいの女の子を突き飛ばしたようだった。うわあ、面倒な予感……

「あなた！　平民の分際で私に話しかけるなんて！　平民なら平民らしく隅にでも固まってらっしゃい！」

確かに身分の差がある中で、身分が低い方から話しかけるのはマナー違反だ。でも聞いていると、その女の子は令嬢の子が落としたハンカチを拾ったから話しかけたようだ。

それに、この鑑定式に身分はあまり関係ない。だからこそ庶民の子と一緒に集められているわけだし……。典型的なわがままさんだ。ああはなりたくないからうちの家族は私を甘やかすのを止めてほしいんだよね。前世の記憶がなかったら危なかった気がする。

というか、突き飛ばされた子……平民って言っているけど、私はあの子に見覚えがあった。じっと見つめていると、リーベ兄様が眉をしかめて呟いた。

「あー、絡んでるのはピアチェーボレか」

「ピアチェーボレ？」

「子爵位の家だよ。あそこはなー、俺らと同い年の息子もいるんだけどそいつも結構わがままなんだよな。さすがに身分を分かってるのか、伯爵位以上の奴には突っかからないけど、それ以下の爵位の家のやつにはすっげー威張り散らすんだよ」

なるほど。あくまで爵位を基準にしているのかな。だからあの子を平気で突き飛ばしたんだ。

そりゃあ貴族として生きているんだから爵位とか身分は大切なのかもしれないけど、それは自分の身分に責任を持って生きるってことであって下の身分を見下していいってことではない。

私は少し考えてから、お父様に声をひそめて言った。

「お父様。あの転んでしまった子にご挨拶してもいいですか？」

「フィル。あなたはフリードリヒ公爵家の人間。あなたの行動は公爵家のものとみなされる。分かりますね？」

「はい」

いつも私に甘いお父様だけど、やっぱりこういう時は違う。少しピリッとした雰囲気で見つめられた。

私があの子に声をかければ公爵家が声をかけたことになる。つまりそれによってあの子の立場が一気に変わってしまうかもしれない。それを分かった上で行動しろということだ。もし、何か問題が起きればそれは私の恥で済まず、公爵家の恥になってしまうのだからそうならないようにしなければ。それに、彼女を助けることがただの偽善になることがないように。

多分大丈夫だろう。

「分かっているならいいですよ」

私がこくりと頷くと、お父様が頬を緩めた。いつもの優しい顔。

私も思わず笑顔になった。

「はい。行ってきます」

「こんにちは」

未だに嫌みのようなことを言い続けている女の子に第一声を放つ。最初から攻撃的には行かない。

振り向いた貴族の女の子は私のドレスを見て顔をゆがめた。

「あら、あなたも貴族？　ふぅん、生地は良いようだけど地味なドレスね？」

はいアウト。いくら五歳児とはいえ、こんなに簡単に人をバカにしちゃいけない。

そもそもいかにもお金をかけましたーって感じのどピンクのフリフリドレスを着てる人間にバカにされたくないし。私のドレスはそんな質の悪いドレスじゃない。

なんといってもこれは王族ご用達の仕立て屋さんのドレスなのだから。

この場にいるってことは同じ年のはずだけど。もしかして、この場では自分が一番上の爵位だとでも思ってるんだろうか。

転んでいる子はパチパチと瞬《まばた》きをしてから、私のドレスに目を輝かせた。

最新作って、呟いたのが聞こえたから私のドレスの価値をちゃんと理解してるんだろう。

さすが商会の子だ。それもこの王都でもとっても人気のフォルトゥナ商会の子。

なんとなくそうかな、と遠目に思っていたけどやっぱりそうだったみたいだ。

下手な伯爵家よりも多くの資産をもち、権力も持つ大商会の一人娘だ。子爵子息がバカにしていいはずはないのだけど。

私は貴族の子を無視して、床に座り込んでいる少女のところに膝をつく。

「ルナさん、で合ってるかしら？」

「えっ⁉　あ、合ってます、なんで、名前……」

「ふふ、いつもあなたのところでフルーツを買わせて頂いてるの。とっても美味しくて！」

私はほとんど毎日フォルトゥナ商会で果物を買っている。そして彼女がフルーツを届けに来てくれたのを何度か見たことがあるのだ。

この世界のお菓子ってとりあえず砂糖使っとけばいいやって感じのものばかりだから嫌いなのだ。でも、フルーツはすごく美味しいから大好き。中でもフォルトゥナ商会の商品は当たりが多くて最近はそこでしか買ってないんだよね。

にこっと微笑みかけると、女の子――ルナさんははっと息を呑んだ。

「フルーツ……まさか、あなたはフィエルテ・フリー……」

「すごい！」

「え？」

「フルーツと言っただけで私が誰なのか分かるの？」

危なかった、家名を出されそうになって思わず食い気味で話してしまった。

まだ私のことがバレたら困るからね。にしても、フルーツをよく買ってるってだけで私のことが分かるなんてすごい。

なぜ分かったのか聞いてみると、貴族にはフルーツよりもお菓子の方が人気なので、毎日フルーツを買う人は珍しいこと、それと私の今日のドレスが王族ご用達の店のものだったからと言われる。

この子、商《あきな》いの才能が抜群だ。仲良くなって損はないし、なにより多分普通にいい子。友達になりたいなぁ。なんて、二人で話をしていると焦《じ》れたのかピアチェーボレの子が割り込んできた。

「ちょっと！　私を無視するなんて生意気よ！　私の父は子爵位なのよ、お父様に言いつけてやる！」

するとルナさんがきゅっと唇を噛んで下を向く。私は立ち上がると、ピアチェーボレの子を睨みつけた。

「これは子供同士の喧嘩ですよね？　それに、元はと言えばあなたが落としたハンカチを拾ったルナさんにいじわるを言ったからでしょ？　あなたのお父様に言いつけられる筋合いはないわ！」

「っ、このっ！」

パンッ!!　私が言い募ると、思いっきり叩かれた。

「フィエルテ様！」

「っ、大丈夫！」

ルナさんが手を伸ばしてくれるのに、なんとか笑顔で応える。

この子本気でぶったな。結構痛いし、後で腫《は》れそうだ。あーあ、この子の家終わったな。貴族のルールに照らしたら、初めはルナさんがマナー違反だったのは間違いないけど……この子の方がずっとダメだ。

それにお父様たちが絶対見てるもん。私をあれだけ溺愛する家族が、私に手を出されて黙っているはずがない。でも、まだ出てきちゃだめ。先にあっちの親を出さないと。

そう思って、なんでもないというようににっこり笑っていると、

「何事だ？」

出た。

多分この人がピアチェーボレ子爵だ。

うわ、お腹は出ているし、髪の毛は多分かつらだ。なんか、ゴテゴテした服装をしているし全体的に不潔。

でももちろん、ピアチェーボレの子は父親に抱きつく。

「お父様！　この子たちが私に楯突《たてつ》くの！」

「私の可愛いベルになんてことを……可哀想に。お父様に任せなさい。平民は奴隷に、そこの娘はベルの侍女にでもしようか」

バカじゃなかろうか。おかしいだろう。

思わず顔をゆがめてしまった。

いじめられたならまだしもただ楯突《たてつ》かれたから奴隷？　なんで正論で返しただけであんな子の侍女にならないといけないのか。絶対嫌だ。ていうか私はもう帰りたい。今日の魔力鑑定は三歳の頃から楽しみにしてたのに、なんか王様と謁見しなきゃいけないし、こんな訳の分からない親子の相手をすることになるし、もうやだ、最悪なんですけど？

だんだんとイライラしてきた。魔力暴走を起こす可能性があるからなるべく大きな感情の揺れを起こさないように言われてたんだけどな。

ぐつぐつお腹のところに嫌な感じが溜まるのを堪《こら》えていると、優しい声が降り注いだ。

「フィル。どうしたんですか？」

急に高くなる視点。……抱っこの感触がふわふわしているからお母様かな。

抱きしめられているうちに、だんだんと落ち着いてくる。危なかった。意気揚々《いきようよう》と一人で出てきたのに結局助けられちゃった。

すりすりすりすり……ぎゅううう。恥ずかしさと安心とでぐちゃぐちゃの気持ちでお母様の胸に顔を埋める。お母様はそんな私の頭を撫でてくれた。

「ふふ、くすぐったいわ？」

「……お母様大好きです！」

「もう！　可愛いっ！」

さすがお母様。嫌な感じが霧散《むさん》してしまった。そのままイチャイチャしていたらお父様とお兄様たちからずるいって怒られた。別にずるくはないと思う。

落ち着いたのでちらっとピアチェーボレ子爵の方を見る。

とりあえず、こっからはうちのターンかな。子爵は負け確だ負け確。お母様に降ろしてもらってルナさんの手を握る。

子爵は驚いたような慌てたような顔で、私とお父様とお母様を見比べている。

さすがに自分の国の宰相を知らない訳ないもんね。

これからどうするべきか、どう逃げるべきかを必死に考えているんだろうけど、逃げられるはずがない。私を叩いた時点でこの家族は終わりが決まったんだから。それに弁解しようにもこちらから声がかからない限り向こうは話すことができない。

身分の低い者から高い者へ話しかけるのはマナー違反だから。

だって、娘がそれで怒っていたんだもん。父親がそのマナーを守れないはずがないよね？

もはや可哀想な気持ちになって私がピアチェーボレ子爵を見つめていると、お父様がずいっと前に出た。

「先程、何やらうちの娘とそちらのお嬢さんが言い争っているように見えたのですが」

「平民を庇ったからよ！」

「っ、ベル！」

……そっか、五歳なら宰相なんて知らないか。

ピアチェーボレの子――ベルさんがお父様をキッと睨む。ピアチェーボレ子爵は顔面蒼白だ。

確かに貴族の中には平民だからという理由だけで軽く見る人たちもいる。でも、その人たちもここまで大っぴらなわけじゃない。というか、平民というだけで下に見るのは本来ありえない事だ。

なぜなら、民がいて国が成るのだから。戦争やお祭り、流行や国の発展。すべてはそれぞれが働くことで成り立っている。貴族は貴族としての責任を果たし、領民である人々に感謝するべきだ。

バカにするなんて絶対あってはならない。

「わ、私は何も見ておりませんでしたので、何がなにやら……」

逃げたな。あくまで子供同士の喧嘩に収めようとしている。けど、先に大人が出てきたのはそっちだ。私はちゃんと止めたよ。

お父様もそれは分かってくれている。

「フィル。何があったか話せるかい？」

優しい声でそう聞かれたので、何があったかを説明する。ついでにルナさんの商人としての才能もしれっと伝えておいた。まだ小さいのに、お客さんのことを全部覚えてるなんてすごいもんね。ルナさんが商会を継げば、きっとフォルトゥナ商会はまだまだ大きくなる。

そして、ボソッとベルさんに叩かれたことも付け加えた。

見ていたから知っているとは思うんだけど、言葉にする方がいいよね。と思って伝えたんだけど……なんか、間違ったかな？　お父様たちから黒い影が立ち上るのが見える。顔が笑ってるけど笑ってないみたいな、あ、もしかして余計なこと言っちゃった？

お母様がぎゅっと私の手を握る。

「痛かったでしょう？　カイン、私これ以上この子を傷つけた方たちの姿を見たくないわ」

「そうですね。衛兵！　この者たちを外へ！」

「はっ！」

お父様が周囲の衛兵たちに声をかければ、ピアチェーボレ子爵たちを外に連れ出した。

子爵はなんかお許しをーって叫んでたけどしょうがないよね。

この国で王族の次に偉いのはお父様だし、なんならお母様は今も王族だし。本来公爵家に降嫁した瞬間、王族ではなくなるはずなんだけど、お母様は前王の溺愛によって王族のままだそうだからね。

とりあえず一件落着、だろうか。多分子爵たちは貴族年鑑から消えることになるだろう。

貴族年鑑は毎年現貴族たちがすべて乗っている名簿表……図鑑のようなものだ。覚えるのがとても面倒なので一つでも減ってくれて良かった。

さて！　私はルナさんと友達になりたいんだよ！　友達になってくださいって言わせて！

とりあえず邪魔するものはなくなったのでルナさんの前に立つ。

さぁ声をかけよう！　と意気込んでいたら大人が二人駆け寄ってきた。

もう誰？　私は早くルナさんとお友達になりたいのに邪魔されまくりじゃないか。

そう思って二人を見上げると、二人はルナさんとそっくりの見た目をしていた。

「ルナッ！」

「あ、あの！　うちの娘が何かご迷惑をおかけしましたでしょうか!?」

あぁ、ルナさんの両親だ。フォルトゥナの会長さんは確か三十という若さで会長職を継いだやり手の商人さん。何があったか説明するとお礼にフォルトゥナの新商品を受け取ってほしいと言われた。

フォルトゥナの新商品！　貴族でも一年待ちの魔道具のことだよね！

確か、保冷温機能つきのバスケットのことだ。魔道具に込められる効果は作る人に左右される。

その中でもフォルトゥナの魔道具は超一流といわれていて、大人気なんだよね。

うちの魔道具もフォルトゥナのものが多い。

お母様もちょっとびっくりしたようで目をぱちくりしている。

「いいのですか？　予約しても一年待ちなのでしょう？」

「はい。フリードリヒ公爵家の皆様にはフルーツを筆頭に多くの商品をお買い上げ頂いておりますし、何より娘を助けていただきましたから」

「それは、娘が勝手にしたことです。それにフォルトゥナの商品はいいものばかりですから」

お父様が雰囲気良く話している。

基本的にお父様は仕事相手にはビジネスモードで冷たいと前にゲイルが言っていた。

相当気に入らないと和やかな雰囲気で仕事なんてしないって。

きっと、フォルトゥナ商会は既にお父様のお眼鏡にかなっているということだろう。それなら私がルナさんとお友達になっても問題はないはず。

そんなことを考えているとルナさんが改めて話しかけてくれた。

「あの、フィエルテ様。助けて頂いてありがとうございました！　私にも何かお礼をさせて頂けませんか？」

「お礼……あの、それなら」

いいよね？　お父様達も助けに来たってことは大丈夫ってことだよね？　よし、言う。言ってしまおう。

「私と、お友達になって頂けませんか！」

「え？」

多分私の顔は真っ赤だ。

いや、前世含めてお友達になってなんて言うの初めてだもん。

普通の身分なら何も考えずに遊んで、わざわざ「友達になって」なんて言わなくてもいいだろうけど、貴族は友情よりも利害関係の方が優先される。

だからお友達を作るには、自分から言うしかない。

ドキドキしながら返事を待っていると、ルナさんも赤くなってお辞儀をした。

「よろこんでっ！」

「ほ、本当？」

「はい！　私のことはルナって呼んでください！」

「じゃ、じゃあ、私のこともフィルって呼んでほしいな。敬語も二人の時ならいらないから」

やったよ！　お友達ＧＥＴ！

嬉しくてパッと顔を上げると、お父様たちが微笑んでいる。多分あれは、おどおどした私に悶えているだけなのだろうけど知らない。私は何も気づいてない。

いいの。私の心は今ウハウハだからね。

にこにことルナと手を取り合っていたら鑑定士に呼ばれた。

どうやら魔力鑑定の時間が来たようだ。言い争っていたせいでルナも順番が遅れてしまってたようだ。申し訳ない……そういえばこっちが本題だったね。

ルナとまた会う約束をして、私は鑑定部屋へ向かった。

さて、この世界では魔力量や精霊の好感度はＥからＳＳＳランクに分けられる。

一つでも上位魔法が使え、どちらかのランクがＢランク以上なら王宮魔術師になることができる。

属性は六つ。基本属性の火・水・風・土。そして特異属性の光と闇。

火は炎、水は氷の魔法というふうに応用したものが上位魔法とされる。魔力量が多ければ使える魔法の数が多く、長時間使うことができる。精霊の好感度が高ければ多くの属性が使えるし、使う魔力量も少なくて済む。

つまり一番魔法を使う上で重要とされるのは精霊からの好感度だ。

王都での魔力鑑定はすべての教会のトップである教皇が、他の地区では地域の教会の大司教もしくは司教が行う。

この国では教会は国に属している。

下手に独立させてしまうといらない争いが起こる可能性があるからなんだって。

鑑定部屋までの長い廊下でつらつらと習った知識を思い出していると、豪華な扉の前で一度止められた。

この中に教皇猊下《げいか》がいるのか……。ちょっと怖い気持ちになりながらも、「どうぞ」という衛兵の声で中に進む。

「教皇、お連れしました」

「うむ、おぉ、なんとめんこい。さすがカインとアイシャの子」

思ってたのと違う。目の前にいるのは豪華なマントを羽織った教皇猊下《げいか》。威厳のある服装に、威厳のある顔……のはずが、クシャッとした笑顔のせいでどうにも優しいおじいちゃんにしか見えない。

お父様達を呼び捨て……もしかして我が家と仲がいいのかな？

そう思っているとお父様が教皇猊下《げいか》をたしなめた。

「ガウナ様、一応公式の場ですよ」

「お前たちで最後だしな、人払いも済ましてあるからよかろうて」

「ふふ、相変わらずですわね」

それにしてもなんで人払いしてあるんだろう。仲良くお話ししたいからってだけではなさそうだけど……

私のテンションが少し低下する。

すると何やら慌ただしく誰かが近づいてきた。

なに、私、なんか厄介事を引き寄せることが多くない？　なんでこう、一日に何度も誰かしらが近づいてくるの。やだよ、なんか憑《つ》かれてる？　お祓《はら》い、お祓《はら》いしてくれるとこどこ！　すぐ様！　至急！　大至急お願いします！

近づいてきた誰かがバンッと大きな音を立てて入ってきた。ノックもなしの入室でその人の身分が高いのが分かる。この王宮でバタバタと好き勝手に行動できる人は少ない。それに……ピンクに紫の髪色のグラデーションはお母様そっくりだ。

……多分この人が国王陛下だ。鑑定式の後どうせ謁見するのに、なんで？

「カイン！」

「チッ、なんで人払いしてるのかと思えばお前が原因か！」

お母様にそっくりの顔で、嬉しそうにお父様に駆け寄る王様。

お父様のお口が悪くなってるよ。というか、王様にそんな話し方でいいんだろうか。

そう思って王様を見てみるけれど、機嫌が悪くなった様子は一切ない。

ニコニコしながら私の方を向いて、目線を合わせるようにしゃがんでくれた。

「何度言っても会わせてくれないカインが悪い。……さて、君が二人の娘かな？」

「は、はい。フィエルテ・フリードリヒです」

「かわいいねぇ！　私には娘が居ないから羨ましいよ。私はアルコン・プリムール。アル伯父様ってよんでね！」

「あ、アル伯父様？」

「っ、かわいい!!　カイン！　可愛いねぇフィエルテちゃん！　カイン、この子ちょーだい！　娘にする!!」

「ダメに決まっているだろう！」

王様――もといアル伯父様の言葉を、お父様が物すごい剣幕でお断りしている。

そうだよ。お断りだよ！　もしも娘になるとしたら王子様のお嫁さんとしてってことだよね？

絶対やだよめんどくさい！　唯一無二の『運命の番《つがい》』が王子ならしょうがないけど多分違うもん！

そう思って顔をしかめていると、こほん、とお母様が咳払いをして教皇猊下《げいか》に向き直った。

「ガウナ様。あの二人はほっといて、魔力解放を始めていただけますか」

「うむ。そうじゃな」

さすがお母様。もう神様にしか見えないよ。

お母様の言葉に教皇猊下《げいか》――ガウナ様が頷いて、私を手招きする。

私が呼ばれるがままに近づくと、ガウナ様は微笑んで私に向かって手をかざした。

『魔力解放』

ガウナ様が唱える。これで五歳まで張られている魔力を跳ね返す結界が壊れるのだ。

大人になっても、これを壊さないまま過ごすと自分の魔力が身体に蓄積していって爆発して大事故になる。もしくは自分の体内に溜まった魔力に耐えきれず命を落とす。

それに、この結界を壊さないと魔法は使えない。

だから貴族だろうと庶民だろうとこの儀式は必須なのだ。

ガウナ様の声のあと、何かが弾ける感覚とともにとてつもない解放感が私を襲った。すごくスッキリする。

ふうと、息を吐きだして改めて周りを見回すと、なんだかお父様たちの様子がおかしい。

「っ、これ、測定できるの？」

「ふむ、一応最大の耐久の水晶を用意させたが、怪しいのぉ」

お母様は驚いたように私を見つめ、ガウナ様も笑ってはいるが、引きつった顔をしている。

なに、なんでそんな顔してるの。

私の魔力、そんなに明らかに異常なんだろうか……知らないよもう。なるようになれ。

いいもん。異常な魔力ならそれを『運命の番《つがい》』を探すのに役立てよう。

ガウナ様が手のひらサイズの水晶玉を机に載せた。それから水晶玉に魔力を流しつづけるように言う。

魔力の流し方は分からなかったけど、手をかざすとなんとなく何かが体から出ていく感覚がある。これがそうなのかな？　さて、少しクラッとするまで流せばいいの？

クラ、クラ、クラ……ん？　ならないけど？

んー、とりあえず一回クラッとするまで……と思いながら手をかざし続けていると、ピキッ、と嫌な音がした。

あれ、まって、これ、割れない？　割れそうだよ？　いいの？

誰も止めてくれない。え、多分割れるよ？　いいの？　割るよ、割るからね？

――――パリンッ。

ほら、割れちゃった。

「ふむ」

「あらぁ」

「カイン、君の娘……」

みんな割れた水晶玉を見つめている。

怒られる？　怒られちゃう？　あ、謝る！　とりあえず謝ろう！

「ご、ごめんなさいっ、お母様！」

「大丈夫よ、みんな大袈裟なの」

ぱっと頭を下げるとぽんぽんと軽く撫でられた。本当に⁉　心配になる。半分涙目で顔を上げるとガウナ様も優しく笑ってくれた。

「測定不能。魔力量はＳＳＳランクでよかろう。気にせんでいいぞ、フィル嬢」

始まったばかりの鑑定で最初からやらかすなんて、ダメだ……、もうこの後もやらかす自信しかない。神様からのチートって想像以上にとんでもない？

一人でしょぼんとしてたらガウナ様が一言。

「まぁ、アイシャも水晶にヒビは入れたからな」

「恥ずかしいわぁ」

ころころとお母様が頬に手を当てて笑う。

あれ、もしかしてチートじゃなくて遺伝？

ついでとばかりにお父様たちのランクを聞くとみんな魔力量はＳ以上だと言う。

そうか、だったら遺伝かもしれない。しかもＳランク以上の魔力を持つ人は世界で六十二人しかいないそうだ。

そのうち六人が我が家の人間って、フリードリヒ家とんでもないな。

国一つぐらいなら簡単に落とせるんじゃゃない？

多分面倒くさがってやらないだろうけど。

我が家のチートっぷりを再確認したところで、次は精霊からの好感度の計測。どの属性の精霊から愛されているかによって使える魔法の属性が決まるとか。

精霊からの好感度はここではなく、聖樹《せいじゅ》の間という所で調べるらしい。

普段は国の重鎮たち以外は入れない部屋で鑑定式の日だけ特別に開放されるんだって。聖樹《せいじゅ》っていうのはこの国の成り立ちにも関係する樹だ。

私も詳しくは知らないけどおとぎ話として絵本になっていたものを読んだ。

精霊からの好感度だけど、いろんな属性を感じたのだから多分私の属性は多いのだろう。そういえば、精霊って基本小さい妖精みたいな子が多いんだっけ。上位の精霊になれば人と同じサイズにもなるとか。

小さい子は好きだしいっぱい仲良くなれたらいいなぁ。

そう思いながら、聖樹《せいじゅ》の間に移動した。

聖樹《せいじゅ》の間に入ると、本当に部屋の中に大きな樹があった。

わぁ、と思って見ていると、ガウナ様にポンッと背中を押された。一人でゆっくりと聖樹に近寄る。

すごく大きな樹。大人が三人手を伸ばしても囲めるか分からないぐらいの幹の太さだ。枝は白色。葉はピンク。不思議な樹。そっと触れると少しひんやりしていて気持ちがいい。

ガウナ様に言われた通り、樹に背を預けるように座る。ゆっくり目を閉じると、この部屋に風が流れているのが分かる。精霊さん。来てくれるかな。

ゆっくり呼吸をして耳を澄ましていたら徐々に声が聞こえてきた。

『遊ぼう！』

『とってもいい匂いの魔力！』

『フィエルテだー！』

『待ってたよ！』

目を開ければたくさんの精霊たちがいた。

うわ、ちっちゃい！　可愛い！　綺麗な翅《はね》！　遊ぼう遊ぼうって言われて、一緒に遊ぶ。

精霊ってこんなに人懐っこいんだね。

遊び疲れて床に転がれば、精霊たちがお腹の上に乗ってきた。

体重がないのか全く重くない。

指でつつけばころんと転がって、もっともっと遊んでってまたくっついてくる。

ほんとに可愛い、可愛すぎる。

でも、しばらく遊んでも全然疲れなくてまだまだーと私の周りに集まってきた。

精霊は体力が無限なんだろうか。五歳児の体力だと限界がある。とりあえず休憩させて！　と言うと、えーと言いながらも精霊たちはそれぞれ聖樹《せいじゅ》の枝に座って休憩しだした。

本当に子供みたいだ。

ふー。ちょっと休憩だ。私もぐったりと幹に身体を預ける。

すると入り口の方に立っていたお父様が私に声をかけた。

「フィル……」

「あ、お父様！　精霊がいっぱいです！　これならたくさん魔法使えますか？」

これが鑑定式ってこと、もはや忘れてたよ。とにかくいっぱい精霊たちは見えているけど……どうだろう？　そう言うとお父様は魔力量の鑑定の時と同じようにちょっと首を傾げた。

「精霊たちと遊んでたんですか？」

「はい。遊ぼうって言うから」

「そう、ですか」

微妙な反応。まさかこれも普通じゃなかったんだろうか。

すると今度はガウナ様が近づいてきて何色の精霊がいるか数えるように言われた。

いっぱいいいすぎて分かんないな……

あ、並んでもらったら分かりやすいかも。

私は息を吸って、精霊たちに大声で言った。

「ね、みんな！　同じ色同士で分かれてくれる？」

『いいよー』

『赤の人ー！』

『水色の人ー！』

おお、みんな進んで分かれてくれた。数えると全部で六色の精霊たちがいた。

私が確認し終えると同時にガイナ様に全属性持ちだと告げられた。

言うまでもなく好感度もＳＳＳだという。

それに、本来精霊に何かを頼んでも、対価なしでは聞いてもらえることはないに等しいらしい。

そして、精霊たちが自分から遊ぼうと寄ってくることも。

え、そうなの？　でも……と精霊たちを見ていると、しっかり愛護者認定をもらってしまった。

本来ならこの後スキルまで確認するのだけど……

スキルの鑑定は鑑定する人の魔力量ランクが鑑定される側より高くなければならないそうだ。私のランクはすべて最高ランクだから鑑定できる人がいないのだとか。

え、でも自分のスキルは自分で把握できないと困るよね？

やり方は分からないけど、この世界の魔法はたしかイメージでできているとお母様が言っていた。

もう私に魔法が使えるとしたら前世で言うゲームのようなイメージで、できるだろうか。

「『ステータス』」

私の言葉とともに目の前にずらずらと数値が並ぶ。

《ステータス》
名前　フィエルテ・フリードリヒ　年齢５歳
種族　人間

ＨＰ　１００／５００
ＭＰ　∞
属性　火　水　風　土　光　闇
パッシブスキル　全属性耐性　物理耐性
ユニークスキル　なんでも屋
称号転生者　愛護者　神に近しいもの

あれ、普通に見えたんだけど。

もしかしてみんな、ステータスって概念を知らないだけなんじゃない？

にしてもすごいな。なんでも屋って何？　あ、集中したら詳しく分かるっぽい。

なになに……

『なんでも屋：どんな職業でもドンと来い。想像力次第でなんにでもなれ、どんな魔法も使える』

うん。チートだ。

想像力次第でなんにでもなれるのかぁ、やる気出るな。

あと、最後の神に近しいものって何？　これは集中しても詳しく分からなかった。

とりあえずスキルを確認できたことを報告すると、みんなして大きな声で叫ぶもんだから耳がキーンってなった。

そのあと、ステータスを見るのは、私が説明したらお母様もできたので、しっかりイメージすれば誰でもできることが判明。ってことで他の人への説明とかは全部お母様に丸投げしてしまうことにした。

それに具体的な魔力量も秘密にした。たくさんあった、ということだけ伝える。

この世界で、目立ちたいわけじゃないからね！

鑑定式は無事終了とのこと。

もう私の気分は家に向かってるんだけどそうはいかない。まだ王様との謁見が待ち受けている。

……やらなきゃダメなのかな、どうせ婚約者になるつもりはないんだし、王様はさっきここに来ていたし。やらなくてもいいと思うんだけどな。

帰って森でもふもふを撫でたい。さっきステータスで見たら、ＨＰが半分を切っていたし。

どうやら精神的にきてるっぽい。

うぁー、帰りたい、というか……お腹空いた。

「お母様ぁ」

「どうしたの？」

「お腹空きました、お家帰りたいです……」

「よしよし、疲れちゃったのねぇ。謁見まで時間もあるし、ご飯を食べて気分転換しましょう」

今日分かったんだけど、私は極端に体力がないようだ、なんだかすごく疲れる。部屋で本ばっかり読んでたからしょうがないとは思うけど、これじゃダメだよね。前世では弟も妹も抱っこしていたから、体力かなりあったんだけどなあ。

ぐったりしていたらリーベ兄様が魔法で炎のうさぎを作ってくれた。

目の前で花火みたいにぱちぱちして綺麗。

身体のテンションがぱっと上がるのを感じる。そういえば子供って気持ちさえ上がれば案外体力がもつよね。四人の弟妹たちを運ぶことは難しいからあの手この手で起こしていたことを思い出す。

キラキラ！　と叫ぶと、よしよしと撫でてくれた。

魔法にキャッキャしていたら、お父様がいつの間にかお昼ご飯と休憩の時間をもぎ取ってきてくれた。そこで、お母様お気に入りだというテラスでご飯にすることになった。


さて、ご飯も食べて多少元気になった私はただ今『迷宮』に来ている。

お供はエル兄様とジュール兄様。お父様、お母様たちはそれぞれ呼ばれていなくなっちゃった。

リーベ兄様は国軍の知り合いのとこ。みんなここが仕事場だもんね。

私が今いる『迷宮』というのは、ジュール兄様が行きたいと言っていた場所だ。

城内にある珍しい植物を大量に集めて種類ごとに植えてある植物園のこと。似たような種類の植物がまとまって植えられているため、植物に詳しくない人が入れば迷ってしまう。それでいつの間にか迷宮って呼ばれるようになった場所らしい。

さすがジュール兄様。植物大好きだもんね。

謁見までの間、子供だけで楽しめそうなところを考えてもらった結果だ。

様々な草木や花を見て、テンション高く歩いていたら、あら不思議……いつの間にか一人ぼっちに。

……なんで？

これは確実に私が悪い。お兄様たちと歩いている最中、目の前を横切ったもふもふの兎さんにつられてしまったのだ。

気づいたら身体が追いかけていた。

もふもふには抗《あらが》えないじゃん？　なーんて、はい、ごめんなさい。

結局、白い兎さんも見えなくなってしまって、私は『迷宮』の床に座りこむことになった。

「ここどこ……」

完全に迷った。

第三章　出会い

『迷宮』内で途方に暮れる。

どうしよう。迷子ってあんまり動かない方がいいんだよね？　こういうのって余計迷い込む可能性があるから。でも、一人はやだな、多分エル兄様がいずれ風の魔法で見つけてくれると思うけど、うーん。

首を傾げ、どうしようか考えていたらキラキラした光が目に入った。

遠目に見えるのは休憩所みたいな、あれなんて言うんだっけ、ガゼボ？　屋根がついてて座ることができるドーム型の東屋《あずまや》。周りには数本の木が植わっていて、いい感じに木漏《こも》れ日がガゼボに入り込んでいる。キラキラ光るそれはすごく綺麗で……いいな、これ、家の森にも作ってもらえないかな。大きな木同士を繋げてブランコでもいいなー、お父様にお願いしてみようか。

とりあえずそこまで歩いていき、ガゼボの中のベンチに座ってぼーっとしてみる。

すると、ガサガサッと茂みが揺れた。

ん？　なんだろう？　目を凝《こ》らすと茂みの中からふわふわした何かが現れた。

しっぽがいち、に、さん……九つ！　九つのしっぽ！

それに三角の耳。狐……ということは九尾の狐？

そう思ってじっと茂みを見ていたら、なんと現れたのは獣人だった。狐の獣人さんは私を見てすごく驚いた顔をする。でも、私はそれどころじゃない。

視線を交《まじ》えた私たちは同時に呟いた。

「え、まさか」

「み、つけた……」

びっくりして反射的に逃げ出してしまう。だって、だって、まさか。確かに早く会いたいと思っていた。もう少し大きくなれば自分で探しに行こうとも。でも、滅多に見つかることはないと言われていたのに、こんな早く出会うなんて。

私の……『運命の番《つがい》』。

どうしよう、どうしよう。

急に逃げたりしたら嫌われちゃうだろうか。今からでも戻ったほうがいい？　でも、もし今の私の行動で彼を傷つけてしまっていたらと思うと足が動かない。

どうしよう……と考えていると、グイッと後ろから引っ張られた。身体のバランスを保てずドンッと後ろに倒れ込むけど痛くない。ぎゅっと誰かに抱き締められる。

それが誰なのかは何故か見えなくても分かった。

背中には抱き締めた人の心音が伝わる。どくどくと少し速い音がする。

追いかけて、来てくれたんだ……

嬉しい、嬉しいと身体が叫ぶ。何故か泣きそうになった。

すると耳元で息を切らした声が聞こえた。

「僕からっ、逃げないで？　……耳としっぽが嫌なら、隠すから」

「え？」

その言葉に振り向くと、途端に少年は言葉通り耳としっぽを消してしまった。

さっきは気が動転していて気づかなかったけど、彼は透明感のある乳白色のサラサラした髪をしていて、深いダークブルーの瞳は吸い込まれそうなほどキラキラしている。

すごく、綺麗な人だ。

でも何故か彼の身体が震えている。なんだろう、涙は流していないんだけど、なんだか泣いているような。

思わず声をかける。

「泣かないで」

「え……？」

「逃げて、ごめんなさい。びっくりしただけなの。……ずっと会いたかった」

彼の頬に触れたら不思議そうに見つめられた。

獣人を嫌う貴族は未だに多いとお母様に聞いた。平民はそうでもないんだけど、貴族は保守的な人が多い。自分と異なるものを排除しようとする。

だから彼は、私が獣人嫌いだと思ったのかもしれない。

私はもふもふが好きだから、むしろ獣人も大好きだと思うけど。

改めて彼の腕から抜け出して挨拶をする。

「私はフィエルテです」

「フィエルテ……」

噛み締めるように私の名前を反復する。声も好きだな。

自己紹介をすれば相手も応えてくれた。

彼の名はディライトと言うらしい。

恐る恐る耳としっぽに嫌悪感がないか聞いてくるから、むしろ好きだと伝えると安心したように笑ってくれた。とっても綺麗な笑顔。

「やっと、出会えた。僕もずっと会いたかった」

「嬉しい」

彼の言葉に顔が緩んでしまう。でも彼――ディライトは悲しそうに首を振った。

「でも、だめ。僕は……汚れてるから」

「それは、どうして？」

そう言うと彼は黙り込んでしまった。

ふと彼の格好を見つめる。前世で言う軍服のような真っ黒の服。

これ国軍の制服だ。式典ではマントがつくかっこいい衣装。

でも、ボタンが少し違う。普通の国軍は国章を白で表したものをつけるんだけど、彼が着ている衣装についているのは黒の国章だ。これはゲイルと同じ――裏の仕事もこなす人の印だ。ということは、彼はお父様の部下なのだろう。

胸元のワッペンは三色のグラデーション。このワッペンは一から五色のグラデーションになっていて、色が多い程位《くらい》が上になるとお父様に聞いたことがある。

「お仕事が理由？」

改めて聞くと、彼はこくりと頷いた。

なんだ、そんなこと。ゲイルと同じお仕事である『オルニス』は国の暗部だ。裏の仕事を扱うから、汚れ仕事も多い。でも彼が汚れているというならうちのお父様は正直汚れているどころか真っ黒だ。

私はちゃんとお父様の仕事を知ってるから大丈夫だよと彼に伝える。裏の仕事のエースであるゲイルとも仲がいいのだ。実際ゲイルは私を可愛がってくれている。

それでも、ディライトは自分は普通の獣人じゃないからと一歩後ずさった。

距離を取ろうとしないでほしい。私はちゃんとどんな彼でも受け入れられる。

「私はあなたが私だけを見てくれるなら何も気にしない」

「っ、でも」

「あなたがどうしたいか教えて」

「っ、なら、僕と結べる？」

必死で泣き出しそうな顔。それに『結ぶ』？　どういうことだろう。そう聞くと、ディライトは丁寧に私に教えてくれた。

それは、人の心と心を繋ぐ魔法だという。

『神への誓い』を立てること。いくつか種類があるけどディライトが言っているのは多分伴侶《はんりょ》の誓いというのが近い。

この魔法を結べば、よっぽど拒否しない限り互いの感情が筒抜けになって、浮気なんてしようものなら心臓が破裂してしまうのだという。だからこの魔法を使えば、一生お互い以外と結ばれることはできない。

滅多なことでは使われない魔法だから、覚悟を示すときに使うそうだ。

ディライトは私に諦めさせるために言ったのかもしれないけど、私には願ってもないことだ。私は浮気する気はないし、これなら安心して愛してもらえる。不安になることがないんだから。

私、今日魔力解放をしたばかりだから、魔法の使い方がよく分からないんだけど、それでもできるかな？

むむむ……と考え込んでいると、ディライトは肩を落とす。

私は思い切って彼に話しかけた。

「結べるけど、今日魔力解放をしたばかりだから、やり方が分からないの」

そう言うとディライトはぱっと顔を上げた。しっぽまで出ている。

見開いた眼がキラキラしていてやっぱり綺麗だ。

「っ、嫌じゃ、ないの？　全部気持ちが僕に筒抜けになるんだよ？」

「全然。私は愛情表現を怠《おこた》る気はないし、何かを大切な人に隠す気もないから」

「……本当に？」

「うん。ほら、結べるなら結ぼう。やり方、教えてくれる？」

するとディライトは泣きそうになりながらありがとうと言ってくる。

何に対しての感謝なのか分からないけど、嫌じゃないなら別にいい。

それから、ディライトに言われた通りに動いた。

まずお手本ということでディライトが向かいに立って、私の胸元に手を当てた。ディライトの魔力が私の中に流れてくる。それが全身に回ったと思ったらスッと溶けていく感覚があった。

溶けると言っても、消えてしまうわけではなくて私とは違う魔力がちゃんと私の中に留まっている感じがする。

私も真似してディライトの胸に手を当てる。そのままだと届かないので、背伸びをしているのは許してほしい。魔力を流してみる。こう、かな。

どうやら私の魔力量は無限らしいので、あまり流しすぎないように気をつけて、溶ける、溶けるイメージ。

んー、氷が溶けるとかよりは、馴染んでいくようなイメージで……多分、できたかな。

なんとなくディライトと繋がった感じがする。

ディライトの方も私と繋がった実感を持ったのか、すっごく嬉しそうな顔をしている。

にしても綺麗だなぁ。

……なんて考えてたら、ディライトから名前で呼んでほしいと言われた。

ディライトじゃなくて、ディーという愛称で、それから私のこともルティって呼びたいそうだ。

どうしてだろう、と思いながらも頷くとこれは獣人が恋人を表す方法なのだとディライトが教えてくれた。お互いしか呼べない呼び方で魔力を込めて名前を呼ぶ。そうすることで『運命の番《つがい》』が自分のものだってアピールするんだって。

それならと魔力を込めてディライトの名前を呼ぶ。

「『ディー』」

うわっ、すっごい笑顔。なんだろう。私より歳上なんだけど、可愛く見える。

その笑顔に和んでいると、ディライトは改めて私に向かって綺麗なお辞儀をした。

「ありがとう」

「へ？」

「まさか、結んでくれるとは思わなかったから。運命の番《つがい》でも結ぶのは稀《まれ》なんだよ」

「そうなの？」

そうなのか、やましい事がないなら何も隠すことはないし、愛されるのはどれだけ重くても嬉しいと思うけど。まぁ、ディライト、もといディーが嬉しいならそれでいいかなあ。

さて、『運命の番《つがい》』と出会えたことで浮かれて忘れていたけど、そう言えば私迷子なんだった。

どのくらい時間が経ったんだろう。もしやそろそろ謁見の時間なんじゃ……でも今はディーと離れたくないし。

うーんと唸っていると、ふわっと風が動くのを感じた。覚えがある気配がする。

どうやらちょうどエル兄様が見つけてくれたようだ。

「時間切れかも」

「え？」

「私、今迷子だったから。お兄様が見つけてくれたみたい」

「お兄さん……」

ディーがぎゅっと私の手を握った。彼の不安が伝わってくる。

貴族は獣人を軽視して差別することもあるから。私がそうでも、私の家族がどうか心配しているのだろう。法律で差別は禁止されているはずなのに、こんなに不安を感じさせる世の中なんてありえない。ディーを傷つけられたら自分でも何をするか分からない。

多分私のチートさ具合なら、ちゃんと魔法の使い方を覚えたら国一つくらいなら落とせてしまうのだけど。

それはともかく、私の家族がディーを傷つける心配はほとんどない。どうやら彼はゲイルの同僚でお父様の部下のようだし。何より、私のことを大好きな家族たちが私の好きな人を傷つけるはずがない。

だから、大丈夫って伝えたらディーが笑ってくれた。

うんかわいい。それに、うちの家族は差別なんてしないもんね。身分も関係なくちゃんと相手の中身を見て判断する人たちだ。

段々と足音が大きくなる。

来たかな。ちゃんと自分を捜《さが》してくれていたのだと思ってホッとする。

私を呼ぶ声。すごく心配しているみたいだ。

ちゃんとごめんなさいしなくちゃ。元はと言えば私がもふもふに抗《あらが》えなかったのが悪い。

……そういえば、あの兎さんどこに行ったんだろう。よく考えたら王宮に兎は居ないはずだ。

だって、獣騎士たちが乗る大きな獣と伝達用の鳥が沢山いるから、見つかったら小動物は危険だし。

そんな疑問は聞こえてきた二人の声で吹き飛んでしまった。

「フィル!!」

「エル兄様！　ジュール兄様！」

焦った顔の二人にごめんなさいって抱きつく。二人ともぎゅうって抱き締めるから少し苦しい。

探したよ、無事で良かったと呟かれると、離してなんて言えない。

ほんとに、すっごく心配してくれたみたいだ。ごめんなさい……

私の無事を確かめると、そっと離れてくれた。

ようやく二人ともディーの存在に気が付いたのか、首を傾げている。

ディーは少しビクッとした後、不思議そうにエル兄様を見つめた。

二人は知り合いじゃないよね？

するとディーがおずおずと声をかける。

「リーベさん……？」

「リーベ？　それは僕のことじゃないな」

兄様が反応する。

リーベってリーベ兄様の事かな？　ディーはリーベ兄様と知り合い？　あ、国軍で話したことがあるってことかな。エル兄様が聞き返すと、ディーはパッと姿勢をただす。これはきっと国軍としての佇《たたず》まい。かっこいいなあ。

「失礼しました！　プレザントリー伯爵家三男、ディライト・プレザントリーと申します」

「プレザントリー……そう」

あれ、お兄様の雰囲気が怖くなった。もしかして、プレザントリー家に何かあるのかな？

貴族についての勉強は進めているけど、伯爵家についてはまだ名前と領地のメイン事業しか覚えてないんだよね。詳しい内部事情とかは覚えられてない。普通は覚えないものらしいけど、うちは色々と敵が多いからみんなしっかり覚えている。

エル兄様はディライトに向かって話し続ける。

「さっきリーベって言っていたけど、その人は僕に似てるのかな」

「はい。髪や瞳の色は違うのですが……なんとなく、雰囲気が……でも、同じではなくて、対のような感じです。黒と白のような」

これは確実にリーベ兄様の事だな。

国軍は完全実力主義で家名を隠してもいいと前に兄様が話していた。家名に興味のない人も多いし、家名で判断されるのを嫌う人も多いと聞く。それにしても対か。

確かにエル兄様とリーベ兄様は双子だけど二卵性の双子だからあまり似てない。それでも双子らしい所はある。それが多分対に見えるんだ。黒と白。動と静。光と闇。リーベ兄様が光ならエル兄様は闇。みんなを笑顔にしてくれる明るいリーベ兄様と、みんなを静かに見守り支えてくれるエル兄様。対極にあるけど、お互いがいて成り立つ、そんな感じかな。

なんでもディーは、リーベ兄様に可愛がってもらっているらしい。

それを聞くとエル兄様の表情が少し変わった。

あのリーベ兄様が可愛がるならうちの家族とも上手くやっていけそうだ。

リーベ兄様は直感で人と付き合うことが多いから、仲良くするときとそうでないときの差が激しい。

そこまで話を聞いて、エル兄様は改めてディーに向かって貴族の礼をした。

「……急にごめんね。リーベは僕の双子の兄だよ。改めて、エルピス・フリードリヒだ。フリードリヒ家次男。こっちの子は三男のジュールで、末の妹のフィエルテ」

「よろしく……お願い……します」

ジュール兄様がお辞儀をする。慌てて私も小さくカーテシーをした。

フリードリヒ家、とディーが呟いたのが聞こえた。引かれてしまっただろうか。

あわあわしていると、エル兄様に行こうかと声をかけられた。

謁見……やっぱりあるのか……せめてディーも連れて行っちゃダメかな。

せっかく会えたし、もう少し一緒にいたい。

するとエル兄様がふわりと私を抱き上げてディーに渡した。

あれ？　なんで？　ディーも困惑しているみたいだ。

「エル兄様……？」

「一緒に行くよ。……フィルの『運命の番《つがい》』が見つかったなら紹介しないとね」

私の魔力がずっと揺れていたからディーが私の『運命の番《つがい》』であることに気づいたらしい。

ディーが慌てているけど私的には早く紹介したいから兄様グッジョブ！

でも、別に抱っこじゃなくてもいいんですよと言えばニッコリされた。

「さっきフィルは迷子になったよね？」

表情は笑ってるけど絶対怒ってるやつだこれ……

そのまま安定の抱っこで運ばれた。

少し急ぎめで。うーん、これ、王様を待たせちゃうかもなって考えてたら、ディーが立ち止まった。

「あの、こちらの方が早いですよ」

指さす方向には壁がある。

ん？　壁？　破壊して行こうってこと……？　見えないけどもしかしてディーって脳筋……？

わ、私、ディーなら脳筋でも受け入れるよ！

私の戸惑いが伝わったのかディーは苦笑して壁に手を当てる。

すると壁に当たるはずの手は、壁をすり抜けていった。

壁に見えていたけど違うの!?　もしかして魔法……？

見る限り精霊のイタズラでもなさそうだ。不思議に思っていたらディーが説明してくれる。

これは第二王子ネオス様の魔法らしい。第二王子は五歳になったその日に王族特権で早めの鑑定式を行ったそうだ。その魔力解放によって、まだ制御できていない魔法をポンポン使ってイタズラをしているみたい。

危ないと周囲は諫《いさ》めるんだけど反省したように見せてまたすぐ後に魔法を使ってるんだとか。

それでいいのか、王子様。だめでしょ。しっかり自分の魔力を制御できないうちからそんなふうに使ってたら危ないよ。私も初日に魔法を使ったから人のことは言えないけど。

というか――私はパッとディーの方を向く。

「すごいね！　魔法が見抜けるの！」

エル兄様ですら見抜けなかった魔法を見抜くなんて。この魔法を使う第二王子もすごいけどそれを見抜くディーもすごい。

そうやってすごいすごいと言っていたら、一応狐族の血が入ってるからと言ってディーが俯《うつむ》いた。

一応、という濁し方とディーの暗い表情が気になる。人間とのハーフってことかな。

そういう意味じゃない気もしたけど、なんだか暗い顔のディーを問い詰めたくもなくて、とりあえず謁見の場所に急いで向かった。


「ここだね」

一際大きな、人の背丈の何倍もあるような扉の前。

「ディー、降ろして？」

「うん」

さすがにこのメンバーで抱っこされたままっていうのはまずいよね。親戚とはいえ相手はこの国の王様とその家族だし。

とはいえ中からする魔力の気配は七つだけだ。これだけ？　もっと多いかと思ってたんだけど。お城の中とはいえ、王族が集まるなら護衛とか必要なのでは。そう思ってエル兄様に、中の人たちが少なくないですかって聞いたらメンバーが限られているんだって言われた。

それに、うちの家族相手なら、護衛なんてあってもなくても変わらないからってことらしい。

そっか。うちの家族みんな規格外だった。みんな規格外なら、私が多少チートでもそんなに目立たないかな？　私は大切な人たちと平穏に暮らしたいだけだし。

そんなことを考えていると、重たい扉が音を立てて開く。

エル兄様とジュール兄様が風の魔法で扉を開けてくれたようだ。

これだけ大きいと一人の人間の力で開けるのは無理だからね。

中に入ると玉座と思われるところにさっきも会った王様、アル伯父様が座っていた。

その隣には、うわっ、お母様に負けず劣らずの美人さんがいる。王妃様かな？

そして、アル伯父様の右下に双子の兄様たちくらいの少年が一人。おそらく彼が第一王子だろう。王妃様の左下に私と同じくらいの男の子。じゃあ、この子が噂のネオス様だ。広間の中心にはうちの家族が勢揃いしてる。私は勇気を出して一歩を踏み出した。

「アル伯父様には先程お目にかかりました。王妃様と王子様方におかれましてはお初にお目にかかります。フリードリヒ公爵が長女。フィエルテ・フリードリヒ、五歳です」

メンバーが内輪の人間だけと言っていたから自ら名乗る。

なんとか長い挨拶を終えると、王妃様がこの前のお祖母様みたいな反応で私の元に駆け寄ろうとする。

さすがに抱きあげはなさらなかったけど、セル伯母様と呼ぶようにと約束しました。

いいの？　普通女の人っておばさんって呼ばれるのは嫌がるのでは？

それからセル伯母様が二人の王子にも、挨拶をしなさいと声をかけた。

王子たちがすっと立ち上がる。

「はい。僕はリード・プリムール。君の双子のお兄さんたちと同じ歳で、学園では仲良くしてもらっている。君の話はよく聞いてるよ。とても頭が良くて天使のような妹がいるって」

「兄様たち!?」

思わず兄様たちを見上げた。

なんで外で私の自慢なんてしてるの！　恥ずかしいじゃん！　え、まって、学園でそんな話してたりしないよね？　私はまだ社交界に連れて行ってもらえていないから私の存在は名前だけが知られている。まさか私のことを聞かれるたびにそんなこと言ってないよね？　大丈夫だよね？　信じてるからね!?

私の反応と、なんのことやらといった風情の兄様たちを見てアル伯父様が笑いを噛み殺している。

リード王子もくすくすと微笑んでいる。

「こんな可愛い妹なら溺愛するのも当然だね。さて、ネオス。お前も挨拶を」

「……はい、ネオス・プリムール……です」

「はい。よろしくお願いします」

「うん……」

「……」

「……」

第一王子様に比べると短い、というか名前だけの挨拶。

なんだか、おどおどしてるというか、怯えてるというか。さっき聞いたイタズラをするような子には見えないけど……

ずっと続く沈黙に耐えていると、王妃様――セル伯母様が困ったように微笑んだ。

「ふふ、ネオスは人見知りなの。男の子だしもう少しハキハキしてほしいのだけどね。イタズラはするのに」

「……」

するとネオス様は黙ったまま、ぎゅっと唇を噛んだ。

なんだろう。なんか変だ。もしかして、イタズラするのって何か理由があるのかな。

そう思って首を傾げると、焦《じ》れたような声でお父様が割り込んだ。

「それで？　エル。説明をお願いします」

「ん？」

「ディライトのことじゃないか？　俺も気になる。なんでディライトがここにいる？」

お父様はディーがここにいることの説明を求めているようだ。リーベ兄様も同様だ。

というかやっぱりディーとリーベ兄様は知り合いだったみたい。

私が説明しなきゃと思うんだけど、急激に眠気が襲ってきた。さっき兄様たちにツッコんだときにテンションを上げすぎたのかもしれない。

フラフラしてたら誰かが私を抱き上げてポンポンと背中を撫でてくれた。

この温かい体温は……

「リーベ……にーさま？」

「疲れたんだろう？　寝ていいぞ」

「でも……」

「説明なら僕がしとくよ」

リーベ兄様のポカポカ体温と、エル兄様の言葉に安心してだんだん意識が落ちていく。なけなしの理性で離れたくないとアピールするためにディーの服を掴んだ。

エル兄様ならこれで多分察してくれるだろう。

その後お兄様たちは私を王宮に呼びたいというセル伯母様の相談に乗ったらしい。

それによって私のフルーツ好きと本好きと寂しがり屋がバレてしまったのは言うまでもない。

別にバレて困るわけじゃないからいいけどさ。

◆

気持ちいい。魔力がよく体に馴染んでいる感覚。目を覚ましたいけれど抗《あらが》えない優しさを感じてまた眠りにつきそうになる。同時に頭を撫でられる感覚に気づいて、それがどうしようもなく気持ちが良くて嬉しくて猫のように擦り寄る。

すると相手が驚いたようにビクッとしたから目を開けた。

目の前に人がいてクスクスと笑っている。乳白色の髪に、綺麗な目。

「でぃー？」

「起きた？　ルティ」

「うん」

耳に馴染む声、もっと聞いていたい。

止まることなく撫で続ける手に安心して、まだ覚醒しきらない頭で考える。

なんでディーがいるんだろう。そう、確か私は魔力鑑定を受けた後、疲れて謁見の最中に眠ってしまったはず……外に目を向けると朝日が昇り始めた頃みたいだ。

朝？　ってことは今日は謁見の次の日だろう。

ディーは泊まったのかな。お兄様がディライトは私の『運命の番《つがい》』だってお父様に教えてくれたはず。それでも私を溺愛しているお父様が簡単に泊めてくれるかな？　お母様が言えば泊めてはくれるか。

でも、さすがに部屋に入るのはダメじゃないのかな？　五歳とはいえ、貴族の女の子。

密室で異性と二人でいるのは外聞がよろしくないような……

「ルティ、不思議そうな顔してる。僕がなんでここにいるか気になってるんでしょ？」

「うん」

「番《つがい》になったからだよ」

その言葉に首を傾げる。

ディーが言うには、獣人は『運命の番《つがい》』に出会った瞬間から一緒に暮らすのが普通らしい。

仕事とかで離れることはあるけど大抵近い職場に就職するし、離れる時間が長くなるほど仕事が手につかなくなるから、遠征のある騎士とかは相手を連れて行くことすらあるという。

なるほどなるほど……

そんな風にディーが説明してくれるんだけど、半分くらいしか頭に入ってこなかった。

だってディーが話す度にもふもふのお耳が揺れているのだ。触っていいかなぁ、だめ？　じーっと見ていたらディーが名前を呼んだ。

「ルティ、聞いてる？」

「聞いてる……もふもふ」

思わず欲望が口から洩れてしまった。ディーがちょっぴり苦笑する。

「……獣化しようか？」

「え！」

びっくりして起き上がると、ディーのお耳がへしょんと垂れた。

「やっぱり気持ち悪い？」

気持ち悪いなんて思うわけない！

モフモフの素晴らしさを語らせたら私の右に出る者はいないと思うよ！

語る？　語ろうか？

そう言うと、ディーはさらに苦笑しながら大丈夫だって手を振ってくれた。

語りたかったのに……

まぁいいや。それよりも獣化できるならしてほしい！　大きいもふもふ、埋もれてみたい。

獣化って人間大の獣になれるってことでしょ？　ディーの身体が淡い光に包まれて眩しくてつい目を閉じる。

ワクワクした表情で待っていたら、目の前には真っ白い狐がいた。

光がなくなり、目を開けると、目の前には真っ白い狐がいた。

しかも、しっぽが九つもある。やっぱり九尾の狐だったんだ。

「かっこいい……」

「っ、直球……」

そっと撫でるように手を毛に埋めるとほんとにふわっふわだった。

顔を埋めてみたらどこか爽やかな香りがする。森の綺麗な空気みたい。好きな匂いだ。これはもしかしてディーの魔力の気配だろうか。

顔を上げると大きなお耳がピクピクしていた。気になったから撫でてみる。

するとディーの身体にきゅっと力が入った。

「あ、ごめんね。くすぐったかった？　嫌じゃない？」

「ん、だいじょおぶ」

あれ？　これほんとに大丈夫？

なんかディーの声がふわふわしているような……

「ディー？」

「ん」

いや、『ん』じゃなくて。どんどんディーのしっぽが私の身体をもっふりと取り囲んで、動けなくなる。もう！　って怒っても聞こえてないのかどんどん私を包み込む。

ディーが頭を私のほっぺに擦り寄せてくる。同時にディーから漂《ただよ》う魔力の気配が強くなっているのに気がついた。これ、もしかして酔っぱらってる？

しっぽがぶるぶる震えていて、私の身体もくすぐられてるみたいだ。

さすがにくすぐったい。

「でぃ、ディー！　ちょっ、ふふ、ふふふ、あははっ、やだっ、ふふ、ちょっとっ、くすぐったい！」

今世もくすぐったいのはダメらしい。

前世でも弟たちのイタズラでくすぐられるのダメだったし。

「ん、ふふ、あははは！　ちょ、ほんとにっ、ディ、ディー！」

思わず何度かディーのしっぽを叩くと、ようやく我に返ったようだ。ディーの視線の照準がようやく合う。

「！　……あれ、え、ルティ？」

「もう！　ディーってば酔っぱらったみたいになってたでしょう！」

多分私とディーの魔力同士が混ざりあって、大きすぎる私の魔力にディーの魔力が呑み込まれたんだと思う。これは、本気で早く加減を覚えなきゃ。

私の先生見つかるかな、魔力も属性もものすごく多いからなあ……

「とりあえず、離れよっか？　なんだか顔がふわふわしてるし」

「やだ、側にいられるのに離れるなんて耐えられない」

ちょっと子供っぽい顔のディーにノックアウトされる。

可愛すぎる！　私の番《つがい》世界一だと思う！

それに、聞いといてなんだけど私も離れたくない。

お互いぎゅっと抱きしめあっていたら部屋をノックする音が聞こえた。

そろそろ朝ごはんの時間だし、リリアかな？

「おはようございます。お嬢様」

「リリア？」

「入ってもよろしいですか？」

どうしたんだろう？　いつもはノックの後すぐ入ってくるのに。もしかしたら、ディーがいるから？

獣人の『運命の番《つがい》』への独占欲はとても強い。ディーの許可なく、私の部屋に入るのは良くないとリリアが判断したのだろう。

でも、私一人だと朝の支度ができないんだよね。

まだ五歳だし。ただでさえ貴族の服は着るのがめんどくさい。髪を綺麗に結ぶのとかできないよ私。

とりあえずディーにお願いしてみるか。

「ね、ディー。リリアを部屋に入れてもいい？」

「だめ」

即座に却下されてしまった。ディーに一人だと朝の支度ができないことをアピールする。すると
まさかの返答があった。

「僕ができるから問題ないよ」

「え？」

「大丈夫」

大丈夫って言うからには信じてみよう。

リリアには声をかけて朝食の準備の方をお願いする。

それから道具をディーの前に準備すれば、ディーはテキパキと私に子供用のドレスを着せて髪をサイドで編み込んでくれた。なんで？

不思議そうな顔をするとディーが『オルニス』の任務で必要だからねって小さな声で教えてくれた。なるほど、潜入捜査とかで必要なのかもしれない。

あれ？　でも、ゲイルはすごい不器用だよ？　暗部のエースなのにそれでいいの？　って聞いたらゲイルは別の専門があるからいいんだって。別の専門……？

ゲイルのことを考えていたらディーの顔が目の前にある。あれ、なんか怒ってる？

「俺がルティに触れてる時に他の男のこと考えないで」

思わず息を呑んだ。

これは、もしかしてやきもちだろうか。ちょっと考えただけなのに？

そんなに私の事好きなの？　可愛すぎる……

しかもなんでもできるなんてスーパーダーリン。スパダリってやつだね！

うきうきと着せてもらったドレスで朝食に向かおうとすると、ディーが言った。

「さ、ご飯に行っておいで？　食堂まで送るから」

「え？」

行っておいでって、食べるのは一緒じゃないの？　朝食は一緒に食べられないのか……

そう思うと、一気にテンションが下がった。するとディーが慌てているのが見える。

「ルティ？　ちょ、なんで泣きそうなの！」

「だって……ご飯、一緒に……」

一緒に食べる気満々だったからあああ！

なんで一緒じゃないの？　やだ！　離れたくないもん。さっきあんなやきもち焼いてくれたのに。

でもわがままを言ってディーに嫌われなくない……でも、でも～っ。

「か、カインさんのとこに挨拶に行くだけだよ！　すぐにルティの所にもどるからっ！　ね？　だから泣かないで？」

「やだぁ、一緒にたべる……！」

「ルティ、泣かないでってば」

一気に涙がこみあげてくる。なんだか無性に離れがたい。

いつもなら我慢できるのに、なんで？

なんかすごいわがままな子みたいで嫌だ。でも涙は止まってくれない。

「おーおー。朝から泣いてんのかフィル」

するとどこからかリーベ兄様の声がした。ここだぞーって足元からだ。

リーベ兄様は背が高いから、下から声が聞こえてくるはずがない。

目に入ったのは床にいる鳥さんだった。それも炎でできたやつ。

リーベ兄様の魔法だ。昨日は兎だった。

びっくりして一瞬涙が止まる。

私が泣き止んだのが聞こえたらしい。リーベ兄様の優しい声がまた鳥さんから響く。

「泣き止んだかー？」

「……はい！」

現金な自分。だって魔法好きだし。キラキラ好きだし。

気分が良くなればもっと良くなることが起こる。リーベ兄様がみんなでご飯食べるぞーだって！

ディーも一緒！　やった！

その言葉を最後にパンって音がして鳥が弾けた。

弾けた……リーベ兄様、その魔法はかっこよかったけど今後室内ではやめた方が良さそうだよ。

床、焦げちゃった。

私とディーは顔を見合わせて笑ってしまった。

さて、ご飯を食べる部屋に着くと既にみんなが揃っていた。

泣いている間に少し遅れちゃったみたい。

上座にお父様。お父様から見て右にお母様とエル兄様。左にリーベ兄様とジュール兄様。私はいつもの定位置。エル兄様の隣だ。

ディーの手を引いて席に着けばお父様が挨拶をする。

「揃いましたね。では、今日も無事に過ごせますように。万物に宿る精霊に感謝と祈りを」

「いただきます！」

「いただきます……？」

ディーが不思議そうな顔をしている。

この世界には食事の挨拶ってないもんね。そもそもこの挨拶は私が家族に広めたのだ。

以前はご飯の時間にみんなが集まったら、じゃあ食べよっかって感じでそのまま食べ始めていた。

正直、元日本人であり、弟たちを育てた私としてはもやもやしていたのだ。

だから、ある程度噛まずに話せるようになってから、ついご飯の時に手を合わせていただきますをしちゃったんだよね。そしたらみんな大注目。

だから説明した。食材や食材を育てる人、食材が育つための土を作ってくれる自然……この世界だと精霊への感謝の言葉ですって。そうしたらうちの家族は大事なことだねってみんなが挨拶するようになったたん。

ディーにも話したら笑顔でいい言葉だねって言ってくれた。

ディーに褒《ほ》められるのが嬉しくてまたニコニコしていると、お母様が微笑んだ。

「ふふ、フィル良かったわね」

「はい？」

「ちゃんと、出会えたでしょう？」

その言葉に大きく頷く。

うん。ちゃんと出会えた。私の『運命の番《つがい》』。

だけど……ちょっと心配なのが、お母様の隣でプルプルしているお父様だ。何かを堪《こら》えるように、寄り添う私とディーを見つめている。

「もう、カインったらいつまで無言なの？　寂しいのは分かるけど私たちの宝物に唯一無二の存在が見つかったのよ？　祝ってあげなきゃ」

「分かってます！　でも、早すぎませんか!?　私はまだフィルとイチャイチャしたかったのにっ！　まだまだ一緒にいろんなことしたかったのにっ！」

半泣きのお父様。とはいえ、私とディーの関係に反対はしてないようで安心だ。

そうか、私、待望の女の子だったんだもんね。しかもまだ可愛い盛りと言われる五歳。

お父様からすればまだまだ可愛がりたかったのかもしれない。私もまだ甘えたい気持ちもあるし。

分かっているけれど納得はしきれない、といった風情のお父様を微妙な気持ちで見つめる。

するとディーが何かを決意したように声を上げた。

「カイン様。僕はルティ……フィエルテの事が大切です。獣人ですから、独占欲が強く、フィエルテを独り占めしたいと思うこともありますが、彼女の嫌がることをする気はありません。決して彼女を縛りたいわけじゃない。フィエルテには幸せでいてほしい」

「ディー……」

ディーの言葉にお母様がお父様を見る。

「カイン」

「分かってますよ……。フィル、ディライト」

しゃんと背筋を伸ばす。

真っ直ぐに私とディーを見つめるお父様の瞳は寂しそうでも嬉しそうでもあり、葛藤しているのが分かる。一度目を閉じて、お父様は大きく息を吸った。

それからもう一度開いた目に浮かんでいたのはただ一つ。

「幸せになりなさい」

私たちへの祝福だった。

「はい！　お父様ありがとうございます！」

「ありがとうございます」

ディーと二人で深々と頭を下げる。

みんながニコニコしながら、おめでとうって言ってくれた。

それからお父様は、何かあれば力になるから、使えるものはなんでも使えって言ってくれた。

うちの家族がついてれば何があっても大丈夫だね！

だってみんなこの国のトップレベルの能力を持っているし。

それに、私には精霊たちもついている。

魔力解放をした昨日から契約してないのに、精霊が寄ってきて私の周りは常に賑《にぎ》やかだ。

魔力をあげている訳でもないのに、進んで魔法を使おうとしてくれる。つい、いい子いい子と撫でたら余計にたくさん寄ってきた。

まだやってほしいことがある訳じゃないんだけどね！　仲良くできたらいいな。

◆

そんな感じでディーが我が家に受け入れられて数日。ディーは一週間ほどうちにいることになったらしい。つまり、一週間ずっと一緒にいられる。

そんな訳で朝ご飯を食べ終わってのんびり家族とディーと談笑していたら、エル兄様が学校へ出かける準備を始めた。今日の私はちょっぴり調子が悪く、行儀が悪いけどソファに横になってその様子を眺めていた。

テキパキと準備をしていく兄様はかっこいい。

リーベ兄様もそれを見てのろのろと準備し始めた。

準備が終わったエル兄様は私の近くに来て頭を撫でてくれる。えへへー。

「今日は一日家で大人しくしとくんだよ。今、身体しんどいでしょう？」

さすがエル兄様。私のことはなんでもお見通しだ。

そう、実はなんとなく身体がきついし、ご飯もいつもより食べられない。熱はないんだけどね。

エル兄様の言葉に隣のディーがバッとこちらを見る。

「え？　ルティ、大丈夫なの？」

「割とよくあるから大丈夫」

そう、私は魔力が多すぎてすぐ体調を崩す。

体力がないと思っていたけど、どうやら体内の魔力のせいだったようだ。

本来、自分の身体が受け止められる魔力量は決まっている。

私の場合はその許容量を超える魔力量で身体が耐えられないというのだ。

例えばコップ。水が入る量が決まっている。それを上回ると零《こぼ》れてしまう。零《こぼ》れるだけなら問題はないけど、勢いよく大量の水が注がれると、コップ自体が割れてしまう可能性がある。

それが私の体の現状。つまり、水のように溜まり続ける魔力を時々発散させないといけない。発散させるには魔力の制御を学ばないといけないんだけど、私の先生はまだ決まってないのでそれもできない。

今はお母様が魔力を吸い取ってくれる石を加工してブレスレットを作ってくれたから、それを手首に付けて耐えている。そんな状態なので、私はさらに過保護にされているのだ。

一応、私の体が壊れそうになると魔力が勝手に治そうとする。壊れかける、魔力が治す……それの繰り返しだから、熱は出てもまだあと数年は大丈夫。

数年あれば魔力制御を覚えて発散できるようになるだろうし何とかなるのに。

そう思って私は口を尖《とが》らせるけど、エル兄様の顔は怖いままだ。

「体調のことは隠さないって約束だよね？」

「う、次からちゃんと言います……」

「ん、いい子。さて、今日のお土産は何がいい？」

出た。毎日恒例『今日のお土産何がいい？』だ。

お兄様。お土産は毎日いらないよ。でもこの質問に答えないと学校に行ってくれない。この前なんて私が言うまで動かなかったから遅刻してたもん。

「……りんごがいいです」

「ふふ、相変わらずフルーツが好きだね？」

エル兄様が微笑む。

さすがにこの世界のお菓子が美味しくないからだ、とは言えない。フルーツはたくさんあるのにお菓子と呼べるものが、とりあえず砂糖大量に入れて甘くしましたーってやつだけなのはしょんぼりだ。

いつか絶対火を使う許可をもらってお菓子を作る……というのも私の密かな目標だ。

なので素直に頷くと、エル兄様はひらひらと私たちに手を振った。

「それじゃ、楽しみにしててね」

「はい！　行ってらっしゃいです！」

お兄様たち三人は、それぞれ私の頭を撫でて学校に出かけていった。

みんなそれぞれ個人の収入があるからうちはお金に困らない。

私も早く収入源をゲットして、いつか家族にプレゼントがしたいな。


「フィエルテは兄弟から愛されてるね」

「過保護すぎるけどね……ディーには兄弟はいるの？」

「……兄が二人いるよ」

「そっか！　二人とも末っ子だね」

さて、私は今ディーと森へ来ている。昼から熱も下がったし、森も我が家の一部だから、と言ったらディーが連れてきてくれた。これっていわゆるデート？

前世も含めて初めてのピクニックデート……最高、幸せ。ハッピーってやつ。

ある程度の勉強はもう済んでいるから、魔法の先生が決まるまでは時間が有り余っているのだ。

そりゃ中身は成人の私が、五歳レベルの内容を覚えられない訳がないからね。

「んー！　気持ちいいね！」

「……うん、そう、だね？　森がここまで本格的だと思わなかったけど……」

ディーがきょろきょろと周りを見回した。

んふふ、びっくりしてるね！

そりゃ明らかに敷地内に入らないような広さの森があるんだもん。びっくりするよ。

「すごいでしょ！　ここね、お母様が領地の森とお庭を繋いでるんだって！　この範囲の空間魔法を一人で使えるのはこの世界でお母様だけなんだよ！」

まぁ大変だから一日に繋げていられるのは三時間程度。十三時から十六時だけ。本当は毎日繋げる必要はないけど、私が森に行くのが好きだからってことで毎日繋げてくれている。これはすごく大変な魔法だからうちで使えるのはお母様だけ。学園で飛び抜けた成績の兄様たちも使えない。

そう言うとディーはまだ瞬《まばた》きを繰り返しながらも微笑んでくれた。

「やっぱりフリードリヒ家はすごいね」

「うん！　自慢の家族なの！」

結婚したらディーも家族になるんだけどね！

結婚……まだまだ先の話だけど、ディーとできたらいいなぁ。

というか、ディー以外は考えられないけど。

私はディーをどんどん森の中に案内していく。

目的地は、外出禁止令が解けた時にお父様が魔法で建ててくれた私専用の小屋だ。

ベッドがあって、火や水回りも完璧。住もうと思えば住めてしまう。

いや、娘に小屋をプレゼントって、やりすぎじゃない？　嬉しいけど、やっぱり甘やかしすぎだ。

ディーもびっくりしたようで、ぴょこっと耳が動いている。

「これは……もう、家だね」

「あはは……」

それから、小屋の中で休憩する。ゆっくりとディーとお話をしていた時だった。

『ウォーン‼』

すぐ近くで狼の鳴き声。

この声はあの子だ！

急いで小屋を出ると、扉の前にはやっぱりあの子がいた。前、エル兄様といる時に会ったこの森の主だ。私の姿を確認すると擦り寄ってくる。

もしかして私が来たからこの子も来てくれたのかな？

ふわふわの毛並みをうっとりとなでなでなですると、狼さんはじーっと私の顔を見つめる。ん？　何か言いたいことがあるのかな？

私、さすがに動物の言葉は分からないんだけど……

すると後からやってきたディーが教えてくれた。

「名前をつけてほしいって」

「え？　ディー、狼さんが何考えてるか分かるの⁉」

「なんとなくだけどね。ルティにちゃんと名前で呼んでほしいみたい」

名前、名前かぁ。

狼さんをじっと見つめて考える。この子の瞳は月の模様が入ってるんだよね。この森を見守ってくれてる優しい瞳だ。

月……この森の守護者。そうだ、この前習ったこの国の昔の言葉で確か……

「ルア、ルアアパル！」

「ルアアパル？」

「うん！　ルアは月で、アパルは守護者って意味。瞳に三日月が浮かんでいるし、それにこの子はこの森の守護者だって兄様が言ってたから」

『バウッバウッ！』

「わっ！」

そう言うと、嬉しそうに飛びかかってきた。気に入ってくれたのかな？

しっぽはブンブンだし、私を押し倒してきたし、これは喜んでくれたと思ってよさそうだ。にしても、重い、重い、重いよ。私より大きな狼に乗られて平気なほど私は鍛《きた》えてないんだよ、鍛《きた》えるのはリーベ兄様がやることだよ。

ぐえって唸ってたら、急に私とルアアパルの身体が光り出した。

え、何これ⁉

怖い感じはない、だけど一体……⁉

「なっ、ルティ！　なんで、契約なんてっ、ルティは契約魔法を使ってないのに！」

ディーの焦った声が聞こえる。

「け、いやく……？」

すると、頭の中にゆったりとした低い声が響いた。

『我が主従の契約を望んだからだ』

だんだんと光が収まる。同時に、私の上からどいたルアアパルが、お座りしてこちらを見つめている。もしかして、今の声はルアアパル……？

低い、でも綺麗な声だ。

「どういうこと？」

『そなたの側は心地よい。離れがたかったゆえ契約を望んだ。今はまだ私が契約を促している状態だがな。そなたはまだ魔力を上手く扱えない。そんな状態で契約したら運が悪ければそなたが死んでしまう』

「ルティが望んだ訳じゃないのに契約だなんて、ルティに何かあったらどうするつもりだ！」

ルアアパルの言葉に、ブワッとディーのしっぽが膨らむ。

ディーから流れてくる感情は怒りだ。私に危険が及んだかもしれないことに怒っているんだ。

そっか、私を心配してくれるんだね。

『当の本人は気にしておらんようだがな』

ちらっと私を見ないで、ルアアパル。

や、まぁ、確かに私はなんとも思ってない。というか実感がないからね。

つまり、ルアアパルは私と契約をしたいのかな。これはなんの契約？　召喚獣？　主従？　頭がハテナでいっぱいだよ。うーん、とりあえず詳しい話を聞きたいな。

「ルティ？」

「えっと、何が何だか、とりあえず……説明して？」

『うむ』

ディーは私を後ろから抱えるように抱っこして、ルアアパルを威嚇《いかく》中。でもルアアパルはさすがにこの森を守ってきただけあって全く気にしてないようだ。

ルアアパルに説明を求めると、召喚獣について丁寧に話してくれた。

内容はこう。

まず、ルアアパルが望んだのは主従の契約だという。

これは普通の召喚獣の契約よりも少しランクの高い契約魔法なのだそうだ。

普通の召喚獣の契約では、主が召喚をしてもそれに応えてくれるかは召喚獣の気分次第だし、一度協力したとしても主が死ぬか召喚獣が契約を嫌だと思えば契約は切れる。あくまで主側がお願いすることで成り立つ契約なんだって。

これに対して主従の契約とは主に従うという文字通りの意味を持つ。

召喚された魔獣は召喚した者に逆らうことは許されない。同時に主と召喚獣は一心同体の存在になり、召喚主が死ねば自分も死ぬ。その代わり、魔獣の方もいい主を選ぶことができれば、普通の契約よりも強い魔力を得続けることができる。

つまり、主従の契約とは召喚獣と主の繋がりが深い契約なのだという。

そして、召喚獣の契約よりは主従の契約の方が圧倒的に強い。だけど魔力消費が激しいから魔力が少ないと主従契約はできないらしい。

なるほど……私は魔力が多すぎるから、むしろ主従の契約の方がちょうどいいのかもしれない。消費できた方が助かる。

とはいえ、魔獣の方にはあまりメリットがないような……？

私は改めてルアアパルに向き直った。

「私が死んだらルアも死ぬんでしょ？　どうしてわざわざリスクの高い主従の契約をしようと思ったの？」

『分からん』

え？　分からないって……どういうこと？

『何となく、フィエルテに仕えたいと思った。フィエルテにならば縛られてもいいと』

それは、だって私がルアの命を握ることになるんだよね？　私が死ねばこの子も死んでしまう。

もちろん、この世界での私がそう簡単に死ぬことはないと思う。うちの家族が守ってくれるし、神様からのチートだってついている。

それでも、だ。

私が戸惑ったままでいると、そっとディーが背中を撫でてくれた。

「ルティ。大丈夫だよ。怖いなら断ってもいい」

ディーは優しい。それにルアアパルの方も優しい目で私を見ていた。私がこの契約を断っても、恐らく彼は私を怒らないだろう。

……実際、自分が死ななければいいと思っても、誰かの命の責任を取るのは怖い。弟や妹を育ててきたから命の重みは知っている。それでも、ルアアパルがこうして私に期待してくれたのは嬉しいから。

「ルアアパルは本当にいいの？　私なんかと寿命を一緒にして」

『うむ、気にするな。長い生にも飽きたところ。それに、名を呼ばれるだけでここまで幸福になれる相手はそういない。後悔などありえぬ』

「……うん」

ルアアパルの迷いない声に、私は決意を固める。

気にしたってしょうがない、よね。

なるようになる。

気になるならルアアパルを私が幸せにすればいいだけだもん。よし！　大丈夫！

ステータス画面の「なんでも屋」の表記を思い出す。この世界での私は、想像力次第でなんにでもなれるはずなのだ。

「じゃあ、契約しよう。ルアアパル」

『感謝する……とはいえ、まだできるのは仮契約だ。この森の中でなら、そなたが我の名を呼べばいつでも駆け付けよう。本契約は……そうだな、そなたがもう少し魔力の扱いを覚えたらということにしよう』

「ありがとう」

もう一度ルアアパルの名前を呼ぶと、うっすらとルアアパルの体が光った。同時にディーと『結び』を行った時と同じように、ルアアパルと繋がった感じがする。

改めてそっとルアアパルを撫でる。

このもふもふ……いつでもモフり放題とか、最高じゃん？

あれ、これ、もふもふパラダイスの再来も夢じゃない？

思わず顔がにやけてしまう。

ディーが優しい笑顔で私の頭を撫でてくれた。

「ルティは本当にもふもふが好きだね」

「うん！」

そう言いながら、思い出した。この世界で出会った最初のもふもふ。

「そうそう、あのね。そう言えば、ディーに出会う前に、お城に兎さんがいたの。あの子がいなかったら、ディーに出会えなかったかも！」

私があの場所で迷ったのは、兎さんを追いかけたせいだ。そのおかげでディーに会えたのだから全然いいんだけど。でも、私がそう言うと何故かディーは表情を曇《くも》らせた。

私を優しく撫でていた手が止まる。

「兎……」

重たい感情が流れ込んできて目をみはる。

ディーは一気に暗い顔になり、それからぐっと唇を噛んだ。

だめだよ、傷ついちゃう……私、何かディーの触れられたくないところに踏み込んでしまった？

恐る恐るディーのほっぺに手を当てると、ディーはようやく私を見て微笑んだ。

「ごめん、ルティ。ありがとう」

『そなたたちも、話し合うべきことがあるようだな』

ルアアパルの月の瞳がディーを見つめる。

なんのことだろう。

でも、ディーはその言葉で理解できたみたいで、ルアアパルに向かってこくりと頷いた。

それからルアアパル――愛称でルアって呼ぶことにした――はすぐに居なくなってしまった。

召喚獣として私の側に控えるために、森の守護者の入れ替えをするとか。

もしかしてお母様たちに言った方がいいだろうか？

守護者の存在は森に影響を与えると言っていたから、領地の森に変化がおこる可能性もあるし。

そんなことを考えながらディーと過ごしていると、リリアが私たちを呼びに来てくれた。

小屋から屋敷までは迷わないように道標がある。

家族と、信頼の厚い使用人であるアルバとリリア、護衛の人たちしか知らないそれを辿りながら帰っていると、ディーが小さな声で呼んだ。

「……ねぇ、ルティ」

「うん？」

「僕が、どんな人でも……っ、いや、やっぱり」

言いかけて、ディーの言葉が止まる。私に流れ込んでくるディーの感情は迷いと恐れ。

きっとルアがディーに向かって言ったことだ。ディーは私の『運命の番《つがい》』。

それがいいことでも悪いことでも、私はディーのことを知りたいと思っているのに。

だから、ぎゅっとディーの手を握る。

「大丈夫。私はもちろん、うちの家族もディーがどんな人だったとしても何も言わないよ。それに、『結んだ』んだから私がディーから離れることはない」

だから大丈夫。

私のこの気持ちもちゃんと伝わりますように、とディーと視線を合わせる。不安げに揺れている目が見開いた。

綺麗な目。青みがかった黒い瞳。静かに見守ってくれるような優しい黒……夜色、かな。

じっと見つめ続けると、ディーは困ったように笑いながらも、うんって言った。

「……僕の全部を聞いてほしい。できれば、ルティの家族みんなで」

その言葉を聞いてからの私の行動は速かった。

お兄様たちが帰ってきたあと、とりあえず私の言いたいことを読み取ってくれるエル兄様に抱きつき、つたないながら事情を話した。そうすると、きちんと私の心を読み取ってくれたのかみんなを談話室に集めてくれた。エル兄様、ほんとに感謝です。

ありがとうの気持ちでてギュッてしたら、よしよしってしてくれた。

後でお土産のリンゴをあーんしてあげようと思う。

他の家族のみんなも、帰ってきてからやることはたくさんあるはずなのに、すぐに集まってくれた。談話室にお父様もお母様も兄様たちも集まって、私達を見つめている。

「さて、話したいことがあるんでしょう？」

お父様の優しい目。私は小さく震えているディーの手を握って大丈夫だよって伝える。

不安げな顔色は隠せていなかったけど、ディーは小さく頷き、覚悟を決めたように前を向いた。

「僕、ディライト・プレザントリーについてお聞きいただきたいことがあります。自分で調べたことまで含めて、すべて。ただ、これによって迷惑をかけてしまうことが、あるかも、しれず」

一度言葉を切ったディーに、お父様が微笑む。

「ディライト。あなたはもう家族の一員でもあります。憂いはすべて私たちが排除します。安心してお話しなさい」

「っ、はいっ」

……やっぱり大黒柱だね。私の自慢のお父様です。

お母様やお兄様たちも微笑んでディーが話すのを待っていてくれた。

そして、ディライトはポツポツと話し始めた。

「僕は、プレザントリー家の三男として扱われていますが、今のプレザントリー家の夫人とは血が繋がっていないのです」

それは、一つの悲恋についてから始まった。

◆

プレザントリー伯爵家は表向きは獣人反対派の貴族だ。

だけど実はプレザントリー家は、獣人をコレクションしていた。当然扱いは対等なものではなく、珍しいペットとして扱っていたのだ。

その中でも、獣人へのねじれた思いをこじらせた何代か前の当主が兎の獣人と交わったことが始まりだ――とディーは話し始めた。

「兎？　狐じゃなくて？」

「うん。僕には全部で三つ、人間と兎族と狐族の血が流れている」

じゃあ、もしかして私がお城で見た兎はディーだったってこと？

でも、いつもディーは狐の姿にしかならないのに。

「もう大分血が薄れてきているから」

あぁ、だからあまり兎の姿を保てなかったのか。あの時、茂みに隠れた兎は変身が解けて、ディライトの姿に戻ってしまったんだろう。

ディーは私の言葉に頷くと話を続けた。

その時の当主が兎族と交わってから、何代かの間はプレザントリー家の子供に獣人の特徴が現れることはなかった。

まぁ、伯爵家の一族は兎族と交わった結果生まれた子供をプレザントリー家の籍に入れることを大反対したみたいだけど、生まれた子供やそれ以降の子孫で特徴が現れることがなかったから何事もなく過ごしてきたそうだ。

それが、ひっくり返されたのが数十年前。

今代の当主の兄、本来は当主になるはずだった長男に兎の耳が現れてしまったのだという。しかし、獣人反対派の貴族であるプレザントリー家の当主に獣の耳があるなんて許されない。

「だから、その長男は病弱ということになり、隠されて育つこととなり、次男が次期当主となることに決まった。幼い頃は二人とも獣人を差別することなく仲のいい兄弟だったそうですが」

「幼い頃は……ですか」

「はい。しかし、兄と引き離されて育つうちに、次男は次期当主として教育されたことで獣人への歪んだ愛を抱くことになりました。結局彼は狐族の女性を手に入れた」

狐族の女性。

それがディーのお母様――？

それまで黙り込んでいたエル兄様が待ったをかける。

「待って、狐族？　狐族はそんな簡単に人間に捕まらないはずだ。本来獣人は魔法が使えないが、狐族は唯一魔法が使えるし、しかも使う魔法は超一流。たかが伯爵家の人間に捕まるなんてありえない」

確かに、狐族は獣人の中でも特に人間の前に姿を現わさない一族だと本にもあった。

高い変化能力を持ち、人間の中に紛れていても獣人だとバレることはないことがその理由だという。

「運が悪かったんです。馬車が子供をはねそうになったときに、偶然通りがかった彼女が子供を庇うために変化を解いた。その結果、プレザントリー家に捕まったと聞きました」

「ひどい……」

「うん……ひどい……ね」

思わず声を漏らすと、ジュール兄様も同意してくれた。

狐族の女性の名前はテラさん。彼女は伯爵家に捕まったあと、屋敷全体の結界を維持させられることになったという。

リーベ兄様が目を瞬《またた》かせる。

「屋敷全体って……どんだけの魔力が必要だと思ってるんだ。しかも伯爵家だろ？　普通の大きさの家じゃない。うちみたいに規格外の魔力持ちじゃない限り、命が危うくなる」

「そもそもプレザントリー家にはそれを強いられていた人がいたんです」

「まさか」

ディーはこくりと頷いた。

隠されて育った長男だ。

貴族の爵位は魔力の強さに順じている。昔は国にどれだけ貢献できたかによって爵位を賜《たまわ》っていたから、その名残で、高い爵位の家系の子孫はそれなりに高い魔力を持つ。

多分長男は相当な魔力を持っていたのだろう。

当主として生きることができないのだから、せめて家の役に立てと屋敷の結界の維持を強いられていたそうだ。

そこでテラさんと彼は出会った。

兎の耳を持つがゆえに隠され、そして利用され続けてきた彼にテラさんは自分を重ねた。

彼は、自分の一族の人間がそれ以上テラさんを傷つけないように守り続けた。

当然のように彼とテラさんは恋に落ちた。

しかし、次男はそれを許さなかった。

当主としての教育を受けるうちに、プレザントリー家が持つ獣人への歪《ゆが》んだ感情も受け継いでしまったのだ。

自分の『ペット』であるはずのテラさんが、自分より劣っているはずの長男を愛したことが許せなかった。厳しい環境で生きているはずの二人が自分よりも幸福そうなことが許せなかった。

「そんな時、次男の結婚が決まったことが事件の引き金になりました」

次男に嫁《とつ》いできた相手は甘やかされて育った令嬢だった。自分は特別だと思い込み、伯爵家のお金を浪費し、わがまま放題。次男は当主として彼女を愛そうとしたけど、無理だったそうだ。

そりゃそうだよね。

わがまま放題する人間を好きになる人なんていない。

人を思いやることができてこそ他人から思われるんだから。

「そうして日々が過ぎていくうちに、テラさんのお腹には新しい命が宿った」

そこで、遂に次男は壊れてしまったとディーは言った。

厳しいはずの環境で、幸せそうに笑う二人が羨ましくて、妬ましくてたまらなくなった。

だんだんと二人の前で笑えなくなり憎むようになってしまった。

いつだって愛は人を変える。良くも悪くも。私の前世のお母さんもそうだった。愛に生き、愛されていないと不安になっていたから。

「その、テラさんと長男の間の子がディーなの？」

「……ううん、違うよ。僕は次男――今の伯爵の子供」

グッと耐えるように下を向いて、唇を結んでいる。

「ダメ、そんなにしたら傷ができちゃう」

「あ……ごめん」

「大丈夫。ゆっくり話して？」

「ありがと、ルティ」

五歳児の笑顔なんてなんにもならないかもだけど、ないよりはマシだ。しっかり目を合わせて微笑む。

ディーの体に傷がつくのは嫌だから。

そしたらディーはありがとうって微笑み返してくれた。

少しだけほっとする。

「……次男――つまり僕の父さんは二人を憎むのを止められませんでした」

悲しそうにディーが言った。

伯爵はすべてを兄と比べて歪《ゆが》んだ嫉妬を兄に向けるようになったという。

自分に獣の耳があれば彼女に選んでもらえたのに。

自分にも兎族の血が流れているのに、耳を持つのは長男だけなのはずるい。

自分にも魔力があるのに、屋敷を守る結界を補うのは長男の役目だというのはおかしい。

一族の恥だと言われても、長男はいつも朗らかに笑っていた。

恵まれているのはどう見ても次男の方だったのに、長男を妬んだ。

兄がいるから自分は欲しいものが手に入らないんだと思い込んだ。

そして、次男はテラさんの目の前で長男を殺した。

「その時のショックで、テラさんのお腹にいた子供は流れたんだそうです」

「っ、なんてこと、愛した人は目の前で殺され、子供は流れて……どれだけ心が傷ついたか……」

お父様が顔を歪《ゆが》める。私もだ。

しかし話はそれで終わらなかった。

大切な相手を殺され、新しい命すら亡《な》くしたテラさんは、身も心もズタズタで屋敷から逃げ出すことなどできなかった。そんな中次男は、長男はいなくなったのに自分を見てくれない彼女に腹をたて、無理やり彼女を自分のものにした。

彼女はディーを産んだ直後に亡《な》くなった。

「ディライト……望んだ子ではないけれどそれでも私の宝物。あなたを置いていく母さんを許してね」

ディーに残されたのはその言葉だけだったという。

「当時身ごもった母の世話をしていた者に聞きました。そして僕には、幸か不幸か狐族、兎族どちらの血も強く発現した。それで耳や尻尾をコントロールできた僕は、次代の魔力供給の役割と共に、庶子として伯爵家の三男になったんです」

これが、ディーの過去。

事実を知った時どれだけ苦しかったんだろう。実の母親と会ったことはなく、父親は何故か自分を憎むように見つめる。

どうして、ディーがこんな目にあわないといけなかったの？　なんで私はもっと早くディーと出会えなかったんだろう。もっと早く出会えていたらまだ心の傷を軽くできたかも知れないのに。

そんなこと考えたってしようがないと分かっているけど、だんだん涙が溢れてくる。ディーが泣いてないのに自分が泣くなんてダメなのに、でも、止められなくて。

グッと瞼《まぶた》に力を込めて、下を向いて涙を止めようと頑張る。

するとふわっと頬に手を当てられた。その温かさに顔を上げると、ディーが困ったように私を見ていた。

「なんでルティが泣くの」

「だって、ディーがっ」

ディーが泣かないから私がその分まで泣くんだ。

そう言うと、ディーはやっぱり困ったように眉を下げる。

「違うよ。確かにこの事実を知った時は驚いた。少しだけ悲しかった。でも、僕はその時だって涙は出なかった。生まれた時既に母親は居なくて、父さんには憎まれていた。それが当たり前だったから傷つくことはなかったんだよ」

「つ、でも、少しだけでも悲しかったんでしょう？」

きっと、それは涙も出ないほど辛かったからだ。涙を流せないような環境だったからだ。

ディーが戸惑ったように言いよどむ。

「それは」

「悲しかったなら泣いていいんだよ、それが昔の話でも……っ」

人は涙を我慢しちゃいけないんだよ。ただの擦り傷でも痛みを我慢しちゃいけないの。我慢を覚えたら人は泣けなくなる。泣けないのは辛さを吐き出せないのは良くないよ。

「泣かないよ」

「なんで」

「ルティが泣いてくれるから」

それだけでもう十分なんだ……その言葉と共にディーはぎゅうって抱きしめてくれた。

決めた。泣いてくれてありがとうって言ってくれるなら、ディーが泣きたい時には私が泣こう。

私が泣いたらディーが慰めてくれるから。それから嬉しい時は一緒に笑って、幸せになる。

——そのためにも、まずは伯爵家をどうにかしないといけない。

お父様、お母様、お兄様たちも同じ考えのようだ。顔がちょっと怖い。

でも一つ問題があった。伯爵家自体を潰すとディーが貴族ではなくなってしまう。そうなると公爵の娘である私とディーが婚約しようとした時に文句を言う貴族が出てくるだろうということだ。別にそんなのは気にしないけど、めんどくさいことはなるべく避けたい。

私のせいでフリードリヒ公爵家に迷惑がかかるのは嫌だし。

ふむ、とお父様が呟いた。

「……伯爵家を潰してディライトをうちと親しい侯爵家あたりに養子に出しましょうか」

養子か。うちの遠縁とかに養子縁組を頼めば楽に結婚まで進めるしいい案かも。

そう思ったんだけどディーは、辛そうな様子でこう言った。

「うちが、潰れるのは構いません。ルティといることができるならどこの養子にでもなります。でも、お願いです。兄の、最期を看取ってからということにはできませんか」

「お兄さん？」

お父様が首を傾げる。その一方で、エル兄様が頷いた。

「シオンのことかな？」

「はい。僕は兄がいたから今まで自由に生きてこられたんです。兄はもうベッドから起き上がることすら難しいのに、ずっと伯爵家を潰すために動いていました。……兄の命はもう長くはありません。だから、せめて最期まで一緒にいられたら、と」

あれ、エル兄様たちはディーのお兄さんのことを知っているの？

森に行った時に、ディーにお兄さんがいることは知ったけど……

聞けばディーのお兄さんであるシオン様は学園ではエル兄様たちと同じクラスなのだという。あまり学園に来ていないのに成績は常にトップ。病弱だからプレザントリー家の跡継ぎにはなれないと言われているけど、獣人への差別意識もない。お兄様たちが気にするってことは多分いい人なんだろう。

そして、ある病を患っているのだ、とディーが言った。

「それってどんな病気かしら？」

「魔力供給不全です」

「あぁ、なるほどね」

ディーの言葉を聞いてお母様が痛ましげに目を伏せる。

魔力供給不全。貴族の間では「呪い」と呼ばれている病だ。これは、治ることはない病だと言われている。

そもそも貴族は魔力供給不全になってもその事実を隠そうとする。

魔力供給不全は、他種族同士の血が身体の中で上手く調和できなくて起こる病——つまり、獣人と交わった結果起こる病だとされているからだ。

獣人は魔力を上手く使えないため、人間から流れ込んだ魔力を上手く調整できないそうだ。

でも、そもそも生粋《きっすい》の獣人であれば血の中にある魔力量が少ないから稀《まれ》にしか起こらない。

この病を治すには他人の魔力を与えてまず弱った身体を健康にする必要がある。

ある程度健康になれば身体の中で反発しあっている魔力を調整していくのだという。

健康にするために膨大な魔力が必要で、さらにとても繊細な魔力操作が必要だから治せる人が居ないと言われているんだよね。

でも、それはそういう話になっているだけだ。

私はディーの手をぎゅっと握った。

「最期まで一緒に、ってディーは言ってるけど……お母様なら治せるよ、シオン様の病気」

「ふふ、お母様頑張っちゃうわ！」

「え？　だって、治せる人はいないいってっ！」

ディーが慌てた声を上げる。するとお母様はにっこりと微笑んだ。

「私しか治せないから期待させないように居ないことになっているだけよ。私は興味本位で異種族と交わって、子供に迷惑をかけるような人間の尻拭いなんてしたくなかったの」

「シオン兄さんの状況はギリギリなんです。今生きていることが奇跡なぐらいで……そもそも、治したくても父さんが病名を伏せている以上、兄の治療は難しいのです」

「そうねぇ……カイン」

「分かりました。ゲイル」

お母様の言葉に、お父様がすっと視線を後ろに向ける。

するとゲイルが音もなくお父様の背後に現れた。さすがオルニスのエース。

オルニスとは裏世界でお父様が作った組織の名前だ。この世界の古い言葉でカラスの意味を持つオルニスにはカラスと呼ばれる構成員がいる。カラスはどこにでも目立たず存在することから、群衆に紛れ情報を集めるという意味がある。

かっこいいよね。忍者みたいで。お兄様たちにはそれぞれ専属のカラスがついていて、情報収集や護衛をお願いしているそうだ。

「プレザントリー家のシオン様、ね」

ゲイルも私たちの話を聞いていたのだろう。当然のように口にした名前に、お父様が頷いた。

「どうせ、プレザントリー家については獣人奴隷の購入や販売の証拠が揃っていましたからね。シオンくんについてはうちでアイシャに治療をお願いしつつ、伯爵家を潰す準備をしましょう」

「俺はただ連れてくればいいわけか。部屋は？」

「アルバに準備させます。行け」

「はっ」

普段のお父様とは違う短い言葉に、ゲイルは胸に手を当てて一礼した。

同時に姿が掻き消える。

本当にお父様の一言でシオン様を攫《さら》いに行ってしまった。

改めて思うけど、本当に我が家の両親は規格外だね……、ゲイルも疑問とかを口に出すこともなく、すぐにいなくなっちゃったし。

この調子なら、明日の朝にはたぶんシオン様はここにいるだろう。

それなら今日はもうやることがないのでは？

結局そのあとは、お父様が準備が整うまで大体一週間後だって言って解散になった。

兄様たちには各自準備をするように言っていたけど、何の力もない私はただディーの側にいることしかできない。

ディーは展開の速さに目を白黒させていたけど、安心してほしい。

私もよく分かってないからね！


「んー、包むのもいいけど、やっぱり包まれたいかなぁ」

「どうしたの？」

現在私は自分の部屋で兎になってくれたディーをぎゅっとしていた。

小さくて可愛らしい姿をなでなでしてたけど、やっぱり等身大で包まれたいんだよね。

もふもふは私の生きる糧、的な？

「ディー」

「なぁに？」

「ぎゅうってして？」

「ふふ、うん」

私の言葉に、ぽん、と音を立ててディーの姿が変わった。

狐の半獣姿でぎゅうってしてくれる。今のディーは人間に耳としっぽが生えた状態。

九つある尻尾は私を包んでくれている。

んー、ぽかぽか。温かい体をぎゅっとするとディーが首を傾げた。

「ルティ？」

「んー、ふふ。初めて会ってそんなに時間も経ってないのに、ディーの隣は落ち着くなぁって。幸せ……」

そう言うと、ディーの顔がぼっと赤くなった。しっぽもぶわっと逆立っている。

意外と照れ屋なんだねぇ。

そんな所もかわいい、としっぽを撫でているとディーは小さく咳払いをした。

「る、ルティは魔力がまだ抑えられないって聞いてたけど、今は抑えられてるの？」

「んーとね、魔道具で抑えてるの」

「魔道具？」

そう、お母様から渡されたものだ。魔力を抑える為の魔道具で、魔力が溢れっぱなしだと危ないからつけとくように言われたのだ。ダークブルーの色のブレスレット。わざわざディーの瞳に合わせて作ってくれたお母様には感謝している。

「これ。お母様が作ってくれたの」

ディーに手を持ち上げて、ブレスレットを見せる。ディーは目を瞬《またた》かせると、ブレスレットをそっと指でなぞった。

「さすがアイシャ様…すごいね」

「うん！」

魔力の多い子は人攫《さら》いに遭いやすいのだそうだ。

しかも私は公爵家かつ王家の血を引いた子供で、精霊たちの愛護者で……と、攫《さら》われる理由が沢山ある。

魔力が溢れているとすぐに私が「フィエルテ・フリードリヒ」だと気づかれてしまうから、それを抑えるものだそうだ。

「この色……」

「うん！　ディーの色！」

「なんだか、ルティを独占しているみたいで嬉しいな」

好きな人に独占されるっていいよねぇ。

私も独占したいなぁ。

お母様に頼んでお揃いにしてもらうとか？

ディーのは普通のブレスレットでいいし、この際、私が作ったっていい。

勉強して早く魔道具なんかも作れるようになりたいな。

そもそも魔道具の勉強って学園でするんだよね。

学園は八歳からしか通えないしまだまだ先の話……でもお母様に教えてもらえたらもっと早くからできるかな？

早く魔法教えてもらいたいね！

そんなことを考えていたら、目の前でディーのしっぽが揺れていた。

ちらっとディーを見ると、ブレスレットをじっと眺めていて、集中しているみたいだ。

じゃあこのゆらゆらしてるのって無意識？

相変わらずのもふもふ具合……え、なにこれ、しがみついていいよってこと？

それなら喜んでしがみつかせてもらいます！

「えいっ」

「っ⁉」

「んー‼　ふわっふわ！」

手でギュッとするだけじゃ物足りなくて、腕を広げて全身でもふもふを味わう。

すっごいふわふわだし、いい匂い‼

前から思っていたけど、ディーは爽やかな森のような匂いがする。思い切り息を吸い込むと
ディーにべりっと剥《は》がされてしまった。

「……ディー、だめ？」

「だめじゃないけど恥ずかしいの」

さすがに顔を埋めるのはやりすぎだったか……

じゃあ、代わりにこれならどうだろう。

「ぎゅーしよ？」

幼女の特権を思い切り活かして、上目遣いで首を傾げる。またディーの顔が真っ赤になった。

「っするけど！」

ぎゅ――――っと強く抱きしめられる。ディーの心臓の鼓動が速くなっているのが聞こえてなん

だか嬉しくなる。ちょっとずるいかもしれないけど、せっかく『運命の番《つがい》』の私がいるんだから、ディーは辛いことを考えるより、笑っていてほしい。

「えへへー！　あったかいねぇ」

「あついくらいだよ、はぁ…」

「すき？」

「好きですけど？」

「ふふ」

「もう、仕方ないなぁ」

なでなで、なでなで。ディーが撫でてくれるとあったかいなぁ。

「そろそろ寝る？」

「んー」

不本意だけどね。

またイチャイチャし足りない、というか。

ずぅっとイチャイチャしてたいけど、そうもいかないよね。

幸せそうな笑顔で見つめてくるディライト。

やっぱりどこか不安なのが伝わってくるけど、その不安を少しでも消せたのであれば嬉しい。

「眠るまで側にいてね」

「うん。おやすみルティ」

「ん、おやすみなさい」

ディーの家の事情、ディーのお兄様、シオン様のこと。いろんなことが分かった今日だった。これから私に何ができるか分からないけど、少しでも助けになればいいな。


翌朝。ゲイルはシオン様を連れて帰ってきた。

今はアルバが準備した部屋に寝かせているらしいけど、彼の体調はかなり思わしくないらしい。

お母様に呼ばれ、私はシオン様がいる部屋に向かった。

ディーはお兄様たちと一緒に動くということで、久しぶりに一人だ。

向かう途中にそこら辺を飛んでいる風属性の精霊が見えたので、お願いしてついてきてもらう。

風は治癒が得意だから近くに風精霊が居たら少しは症状が緩和されるはずだ。

そうして部屋の前につくと、私の方を向いたお母様がにこっと笑った。

「精霊が自分から手伝ってくれるなんてさすがね。……さてフィル」

「はい！」

ここからはお母様がシオン様を治療してくれる。そう思っていたけどお母様は満開の笑みのまま予想もしなかった言葉を私に告げた。

「一緒に、中にいらっしゃるシオン様の治療をしましょうね」

「えっと？」

ど、どういう？

お母様の言葉の意味が分からなくて、見上げる。するといたずらっ子みたいな笑顔で指を口元に添えてウインクされた。そんなお母様の顔も綺麗……じゃなくて！　どういう意味!?　私が治療をするの？　まだ魔力操作すらできないし、未だに魔法の先生は見つからなくて授業の一つも受けたことがないのに。

思ったことを全部お母様にぶつけると、やっぱり綺麗な微笑みが返ってきた。

「フィルの魔法の先生は私がすることになったの。だから今日は実地研修！　習うより慣れろよ！」

そんな脳筋みたいな……

グッと両手で拳《こぶし》を握るお母様に思わずすがりつきそうになった。不安しかない。

「魔力供給不全の治療なら、フィルにはちょうどいいでしょう」

お母様は魔力供給不全の治療が難しい理由は術者に膨大な魔力が必要だからだと言う。それなら、確かにちょうどいいのは事実だ。

なんせ私は魔力が多すぎて自分の身体を壊しかねないほどなのだから。治療によって私の魔力を消費できて、魔力操作も覚えられる。一石二鳥だとお母様は言う。

でもそれは成功したらの話だ。

ぶっつけ本番でこそ人は大きな成長を遂げると言っても、もしも失敗したら？

ディーのお兄さんに、もしものことがあったら……

いろんな不安が頭の中に浮かぶ。そんなの無理！　と叫びそうになった瞬間、頭をお母様に撫でられてハッとした。

危ない、気が付かない間に魔力が大きく揺れていた。

落ち着かないと、そもそもチャレンジする前に魔力暴走を起こしたらシャレにならない。

周りの精霊たちも心配そうに私の方を見ていた。精霊って優しいんだな。

ふー……と長く息を吐いて自分を落ち着かせると、お母様がゆっくりと背中を撫でてくれた。

「大丈夫よ。お母様がちゃんとフォローするわ」

「はい」

今度こそ私はしっかりと頷いた。

ネガティブに考えない。

ポジティブに。これはチャンス。ディーを苦しめる要因を取り除けるし、何より魔力操作の最高難易度を学べるんだもん。大丈夫。私は規格外の両親の娘で、「なんにでもなれる」という神様のお墨付きだってある。

部屋の前で深呼吸。よし！　大丈夫。頑張れる。

私の様子を見ていたお母様が先に部屋の中に入ってくれる。

私も覚悟を決めて、ドアを開けた。部屋の中には、ベッドに寝かされたディーのお兄さんのシオン様がいた。

聞いていた通り、頬はこけているし目の下の隈《くま》がひどい。

私たちが入室したのと同時に開いた瞳はディーとは違う色をしていた。

目を覚まして、ようやく自分の部屋ではないと気が付いたのか、目を瞬《またた》かせている。

お母様がすっと前に出て、優雅に腰を折った。

「初めましてアイシャ・フリードリヒです。この子は私の娘。フィエルテと申します」

「フィエルテです」

慌てて私もお母様に合わせてお辞儀をする。

シオン様は私たちの様子を訝《いぶか》しんだように目を細め、ベッドの上に体を起こした。

「このような姿で申し訳ありません……。プレザントリー伯爵家次男、シオン・プレザントリーです。これは一体、どのようなご用件でしょうか」

身体は辛いはずなのに辛さを見せようとしない。優雅な所作はディーの様子と重なった。

それに攫《さら》われるように連れられて来たと分かっているだろうに、こちらを責める様子もない。お兄様たちが優秀と言っていた訳だ。

「もう！　ゲイルったら説明しなかったのね！」

ぷんぷんと効果音がつきそうな怒り方をするお母様。大変愛らしいのだけど、何が何だかわかっていないシオン様にちゃんと状況を教えてあげたほうがいいと思う。

「お母様」

「あら、ごめんなさい。説明は……今はしている暇がない、というのが実情ね。まずはあなたが健康に、とまではいかなくても今の状態より体を良くしないと……あなたは明日にでも死んでしまうかもしれない」

「っ」

シオン様が目を見開いた。突然突きつけられた現実。お母様、ちょっと言葉が足りないのでは？　シオン様の表情も気になった。彼の顔によぎったのは死への恐怖よりも焦り。プレザントリー家の事が気がかりなんだろう。

「僕はまだ、死ぬ訳にはいかない」

シオン様が呟く。私たちに向かってというより自分に言い聞かせるような言葉に胸が痛んだ。ディーも、彼もずっと誰かのためのことだけを考えて生きている。

そんな彼にお母様は優しく微笑みかけた。

「そうね。私たちもあなたに死なれると困るの」

「え……？」

「あなた、自分の家を潰したいんでしょう。私たちが手伝ってあげるわ。ただし、今後あなたが我が家に忠誠を誓えるのなら、ね」

驚いたように目を見開くシオン様。

うーん、お母様のセリフは間違ってはいないけど、なんだか悪者っぽい気がしてくるのは気のせいだろうか。ちらっとお母様を見るとニコニコしていたので多分わざとだねこれ……

公爵家の人間が伯爵家の次男を無償で手伝うなんて普通ありえない。特にフリードリヒは王族に近く、貴族の中でも筆頭と言える。何か理由があっての申し出だということをお母様はあらかじめ知らせておきたいのかもしれない。

案の定シオン様は少し目を鋭くして、お母様に向かって言った。

「なぜ、ですか。僕を助けなくてもプレザントリー家を潰すくらい簡単でしょう。僕を助けるメリットがない」

「私たちが邪魔なのは伯爵家じゃないの。そもそも伯爵家ごときが何をしでかそうとうちには関係ないわ」

「ならなんで……」

「この子のためよ」

お母様が私の背中に手を添えて前に出るよう促す。ここで呼ばれるとは思わなかったけど、そっと前に出てシオン様を見つめた。

シオン様はさらに戸惑った顔をしている。

「娘さんの……？」

お母様が再び私の背中をトン、と押した。まるで私に出番を告げるようなその手に、私はハッとなって口を開く。

「はい。今回は私のわがままで、フリードリヒ家……家族に動いてもらっています。ディー……ディライト・プレザントリー様は私の『運命の番《つがい》』です。ディーがあなたにも幸せになって欲しいって言ったんです。だから、私はあなたを助けます」

「君が、ディライトの『運命の番《つがい》』……？」

時間がないから簡潔に説明する。ディーとの番《つがい》であることとその証拠にディーから一筆もらったからそれも渡した。

ちゃんとした説明は申し訳ないけど後回しだ。

今はとりあえずシオン様の容態を安定させたい。

「そうですか……、あの子は出会えたんですね。……分かりました。あなたがディライトの『運命の番《つがい》』だというなら、私もあなたに、そしてフリードリヒ家に忠誠を誓います。すぐに消えるかもしれない命ですが、生きている間は喜んで公爵家の手足となりま、しょ――」

ディーのことを伝えたらシオン様の表情が優しく緩んだ。それが一気に歪《ゆが》む。咳き込むような嫌な音と一緒にシオン様の体がぐらりと揺れ、ベッドに倒れ込んだ。

え……？

「っ、お母様！」

「すぐ応急処置をするわ！」

「は、はい！」

お母様がシオン様の胸に両手を添える。静かに魔力を流しているのがわかった。

大丈夫、まだ間に合うはずだ。

苦しそうだった息が、お母様の魔力の流れに従って少しずつ落ち着いていく。

「……気が緩んだのかもしれないわね」

とりあえず応急処置が終わり、お母様がシオン様の胸から手を離した。

ここからは魔力が上手く届いてない体の悪い箇所まで魔力を送ることで、シオン様の体の魔力供給不全を解決するとお母様が言った。

それからは魔力をどんどん流し込む。

魔力が反発しあって上手く行き届いていない身体は言わば魔力が枯渇《こかつ》している状態。

そんな中、体に新しい魔力が流れてくればシオン様の意識がなかったとしても体が勝手に魔力を吸い始める。この時、魔力が少ない人間がこの治療をすると、自分の魔力を全部吸い取られるから魔力の枯渇《こかつ》状態になり、最悪の場合、術者が死ぬこともありうる。

それでも国一番の魔術師であるお母様なら問題ない――そう思っていたけど、治療は全然終わらない。

「っ、だめね、魔力が足りない。リーン！」

『はぁい』

お母様が鋭い声で呼んだのはお母様と契約している中位ランクの風の精霊だ。

「私がやり方を教えようと思っていたけど、少し集中する必要がありそうなの。私の代わりにフィルに魔力の流し方を教えてあげて」

『いいよぉ、ふふ！　フィエルテとお勉強嬉しいなぁ』

「お願いします！」

うんうんと笑顔で頷くリーン。本来契約主以外に呼び捨てされると精霊は怒るらしいけど私がリーンさんって呼んだら逆に怒られてしまった。

リーンは緊迫した状態でもニコニコとして無邪気に私と遊べて楽しいと言う。良くも悪くも精霊なのだ。

私はぐっと唇を噛み締めて、リーンに頭を下げた。

『大丈夫、フィエルテは僕らの愛《いと》し子だからねぇ』

翅《はね》を震わせて、リーンはまず魔力が感じられるかを私に聞いた。

私はこくりと頷く。多分、魔力はいつもお父様たちが纏《まと》っている空気みたいなもののはずだ。お母様のはサラサラしていて、お父様のは暖かい。ディーのは森の匂いのように爽やかだ。

多分得意な魔法の属性が関係しているんだろう。そう伝えると正解と頭を撫でられた。

『さすがフィエルテ！　今度は補助するから自分の魔力を感じて動かしてみてね！　フィルは溢れる魔力の揺れを理解してるし多分すぐにできるよ！』

「はい！」

リーンの言葉に集中する。

魔力、いつもみんなが纏《まと》っているもの。これを動かす——イメージしてみると自分の中の魔力があまりにも多すぎて、動かすと溢れてしまいそうだった。

……まずは自分の魔力が入っている器を、コップのような硬いものではなくて、柔らかく膨らむ風船を想像してみる。その中にできるだけたくさんの魔力が入るように、ゆっくりと膨らませていく。それから、その中に魔力が全部収まるようなイメージで……こう、かな。よし！

どうかな？　とリーンの方を向くと、リーンはまた笑顔で頷いてくれた。

「うん。できたね。アイシャー！　できたよー」

「早いわね？　……おいで、直接は不安だろうから、私の背中から魔力を流してみて」

お母様は額から汗を流しながら、シオン様の胸に手を当てていた。

背中から魔力を流す……お母様の体を伝って、シオン様に魔力を流すってことかな？

流す、浸透させる、土が水を吸うようなイメージで。

リーンがどこからか運んできた台に乗って、お母様の背中に手を当て、目をつぶって集中する。

全神経を尖《とが》らせて、お母様の背中に自分の魔力を流していく。

魔力を大量に流したらお母様の体に負担がかかるから、少しずつ浸透させる。

させ、ようとしたんだけど……

「っ、溢れるっ」

魔力の制御が上手くいかない。膨らんだ風船の口をゆるめたら、しゅるしゅるしぼんでいくように、私の中からとめどなく魔力が流れ出すような感覚。

「フィル、落ち着いて。大丈夫……」

「お母様っ」

お母様が振り向こうとした気配がしたけど、それどころではなかった。

このままじゃお母様が！　自分の想像力が嫌な方向に働いて、溢れ出た魔力がお母様を貫くような絵が一瞬頭をよぎる。

溢れる魔力を段々と制御できなくなる。

どうしたらいいの、想像しなきゃ、魔法はイメージ。考えろ、想像しろ、一番近いイメージを。

溢れる魔力をまとめることはできる。それを少しずつ流すのができないなら……

いっそ、私に全部戻してしまえば。

そんなことを考えた時だった。

『手伝ってあげるー』

『私も！』

『僕も！』

「え？」

精霊たちがわらわらと集まって、お母様の背中に添えている私の手に小さな手を次々と重ねた。

まさか、手伝ってくれるの？

今まで精霊たちに遊びに誘われることはあったけど、魔法に関係することはしてこなかった。

だって契約しなきゃ精霊の力は借りられないはずだから。

それなのに、私を助けてくれるの？

『感じて！』

『感じてー？』

「え？　ええ？」

あぶくのように降り注ぐ精霊たちの言葉に、慌てる。お母様も私の変化を感じ取ったようで、
リーンに声をかけている。

「何が起こってるの？」

『フィエルテを精霊たちが手伝ってくれるって！　フィル！　精霊の魔力を感じて！　流れに身を

任せて！』

「は、はい！」

再び目を閉じる。すると精霊たちの声が聞こえてくる。

精霊たちが教えてくれるままに、自分の魔力を糸のように伸ばしていく。精霊たちがそれを上手く分散してくれる。これなら上手くお母様に送れる！

再度集中して魔力を届けると、すっとお母様の中に私の魔力が流れていくのがわかった。

この感覚を忘れないように覚える。続けること一時間。

シオン様は穏やかな寝息を立て始めた。

良かった……とりあえず何とかなったみたいだ。

お母様がぽたぽた汗を流しながら、私を振り向く。

「……うん。脈も安定したし大丈夫そうね。よくやったわね、フィル」

「よかったです」

「まさか精霊が自分から魔力を貸してくれるなんて……」

『違うよアイシャ。精霊は流れをフィエルテに教えただけで魔力は貸してないもん』

「え？　だって、シオン様に魔力を渡した上で私の魔力も回復しているのよ？」

そういえば私は自分の魔力量をお母様には伝えていなかった。

この世界で変に目立って、愛されなくなることが怖かったから。でも、今なら大丈夫だ。

「お母様。私の魔力量は無限です」

「え……？」

「ステータスを見た時に無限とありました」

「っ、なんてことっ！」

ガバッとお母様が私を抱きしめる。

ちょっと苦しい、けど、どうしたんだろう。私今いけないことを言ってしまったのかな。

「あなたが」

「お母様？」

「あなたがこの歳まで生きていてくれて、本当によかった……」

ぎゅっと抱きしめられてから、お母様を見る。お母様は泣いていた。

どういうこと？　魔力が多いと死ぬかもしれなかったの？

でも、お母様たちだって魔力量は多いはずだ。小さい頃に体が弱かった訳でもないみたいだし。

ぽかんとしている私にお母様が説明してくれた。

お母様たちは人より多い魔力を持つけど、それは成長してから増えたこともあり、体が受け止められる量なのだという。でも私の場合は成長しきっていない体に無限の魔力がある。それはいつか体自体を壊しかねない。なんだか本当に危険な状態だったらしい。

神様はチートをくれたみたいだけど、チート過ぎて逆に怖いよ。

私は大切な人たちと平穏に暮らしたかっただけなんだけどな。

それから、シオン様をベッドにそっと寝かせて、私たちもゆっくり休んだ。

そして夕方頃に、シオン様の目が覚めたとゲイルから連絡が入ったので様子を見に行く。ついでにこれからのことについて説明もしようとお母様が言う。

ジュール兄様お手製の薬湯を持ち部屋に行くと、朝よりは顔色のいいシオン様がベッドで身体を起こしていた。

「身体はどう？」

「アイシャ様。なんだかスッキリしています。すごく、体が軽い……」

良かった。ジュール兄様お手製の薬湯を飲めばもっと落ち着くはず。

味は、ちょっと……いや、大分あれだけどね。良薬口に苦しとはいうけどこの世界の薬ってものすごく苦いのだ。魔力酔いのときの薬もほんとに苦かった。

薬湯を入れた器を渡すと、シオン様はそれをこくりと飲み干した。

一瞬ぎゅっと表情が歪《ゆが》んだけど、何も言わずに私に空のコップを渡した。

「明日から三日程かけて魔力を調和するわ。そうしたらあなたの魔力供給不全はちゃんと完治する。ただ、寝たきりだった分身体が言うことを聞かないだろうから、無理はしないようにね」

「治る……あ、りがとうっ、ございます……っ」

ぽろぽろと涙をこぼすシオン様。どれだけ苦しかっただろう。

体の弱い自分に見向きもしない両親。両親の悪事を止めたくても動かない体。自分の人生を終わらせる覚悟で家の状況を変えようと、それでも上手くいかなければ没落まで視野に入れて必死に生きてきたんだ。でも、まだ終わりじゃない。

それをシオン様も理解しているようだ。

「それで、救われた命の代わりに私は何をすればいいのでしょう」

「ええ、説明しましょうか」

力強く頷くシオン様の目は既に覚悟を決めているようだ。強い人だ。死にそうになりながら必死にもがいてきたんだもんね。

私は力があるはずなのに、大切な人のために何もできない。すごく、悔しい。

拳《こぶし》に力が入って少し痛んだ。

お母様がゆっくりと口を開いた。

「近々シオン様――あなたの両親が攫《さら》われたあなたのことを取り返すという名目でうちへ乗り込んでくるでしょう。それをあなたは拒否してちょうだい。それからあなたが集めたプレザントリー家の情報をカインへ渡してもらえる？」

「はい。ただ、両親はフリードリヒ家が息子を攫《さら》った、という弱みに付け込むことを簡単に諦めないでしょう」

「ふふ、伯爵家の悪い証拠は既にある程度揃っているわ。そもそもうちに喧嘩を売る時点で終わりなのよ。貴族とはそういう世界ですもの」

そう。格上の爵位を持つ相手に喧嘩を売るなんて通常の貴族ではありえない。どれだけ相手が悪くても貴族の世界では爵位がものをいう。たかが伯爵家が公爵家を相手になんてできるはずがない。

けれどプレザントリー家は、自分の家の息子が攫《さら》われたと言って攻撃してくるはずだ。シオン様やディーが既にこちらの仲間についているとは知らずに。

「僕は今後どうしたら？」

「そうねぇ、正式に契約をしてもらうわ。それから、あなたがプレザントリー家を継いだ後はプレザントリー家の領地を立て直してほしい」

「分かりました。利益の献上は何割行えばよろしいでしょうか？」

「いらないわ。そんなものがなくてもうちの子たちは個人の収入があるから。むしろあげたいくらいよ」

そう。家族のみんなが私にプレゼントをしつづけるから、私はそのお金の出処を本気で心配して聞いたことがある。

そしたら公爵家のお金はきちんと領地や使用人の給金などに回されていた。

私へのプレゼントはそれぞれ個人の収入からだったらしい。まぁよく良く考えればそうだよね、宰相で暗部のトップ、専属治療班で魔術研究所トップ。国軍に宰相補佐、薬草研究のお手伝い。家族はみんなそれぞれに自分の方法で稼いでいる。

シオン様はお母様の言葉を理解できず、それでは何故プレザントリー家を立て直す必要があるのかと聞いている。

実際シオン様とディーは生きてさえいればプレザントリー家の家名を持つ意味はないと考えていたのだろう。

そもそも次男と三男だから、家を継ぐという考えもなかったのだろうし。

ただ、我が家と関係を持つ以上恐らくそうはいかないのだ。

「肩書きが必要なの。あなたには不甲斐ない両親と兄に自らの手で制裁を下し、領地を発展させた素晴らしい領主になってもらいます。その人の弟ならフィルの相手として申し分ない。ほかの貴族も文句を言えないわ」

別にディーとシオン様が平民に下って私と結婚することも不可能ではない。文句を言われてもそれを抑えることはできる。でもめんどくさいことはなるべく避けたいからね。

「分かりました」

それ以上は何も言わず、シオン様はお母様の言葉に頷いた。

自分の頑張りでディーの幸せが決まると言ってやる気に溢れた顔をしている。

弟思いだなぁ……と思っていると、ノックの音が部屋に響いた。

あ、お父様たちかな？

それぞれ仕事に行っていたお父様たちとディーが帰ってきたようだ。部屋のドアを開けると、やはりお父様とお兄様たち、ディーが部屋に飛び込んできた。

お父様は溺愛するお母様の様子を、お兄様とディーは初めて魔力を実際に使った私を心配してきてくれたらしい。

「……おや、アイシャ。大幅な魔力の受け渡しをした割に元気そうですね？」

優雅な手つきでお母様の手を持ち上げたお父様が不思議そうに言う。

お母様はにっこり微笑んだ。

「ふふ、フィルのおかげよ。魔力が無限にあるんですって」

「え⁉」

「はぁ⁉」

リーベ兄様とお父様がハモった。相変わらず似てるなぁ。

ディーとジュール兄様は固まっている。

エル兄様は……あれ、にっこり笑ってる？　どうやら私の魔力について特に驚いていないみたいだ。

意外だな、と思ってじっと見つめていると、優しく頭を撫でてくれる。

「疲れてない？」

「大丈夫ですよエル兄様」

「そ？　良かった」

二人して和やかな雰囲気にまとまりかけたが、勢いよくリーベ兄様とお父様が割り込んでくる。

「いや待て！　フィル、魔力が無限って大丈夫なのか⁉　お前はただでさえ体が弱いだろ！」

「そうです！　なんで笑ってるんですか、エルピス！」

「なんとなくそうかなーって思ってたからね。フィルは無限に魔力があるからこそ、魔力量で壊れた体を溢れる魔力が治していたんだと思うよ。少しでも変化があれば教えてもらえるように、フィルの様子はミストに見てもらってたし」

そうエル兄様が言うと、ひゅうと風が吹いた。

ミストっていうのはエル兄様の風の精霊のことだ。

エル兄様にはクゥって名前の水の精霊もついていて、ついでにいうとお父様には火の精霊カムさんと水の精霊スルスさん。リーベ兄様には風の精霊ヴァンさんと火の精霊ファロさん。ジュール兄様に土の精霊ギーさんがついている。

家族全員が精霊と永続的に契約しているのはとても珍しいことだそうだ。

それにしてもしっかりエル兄様に見張られていたのか……とぼんやりしていると、ひんやりしたものが私の頬を覆った。

「ルティ、本当に平気？　辛くない？」

昨日ぶりのディーの手だ。ひんやりしていて気持ちいい。

というかそうやって心配してくれるけど、ディーの方が辛そうだ。せっかくお兄さんが治るんだし、ディーには笑っていてほしいなぁ。

「ふふ、へーき！　シオン様も三日くらいで治るからね！」

「今はルティの心配をしてるんだよ？　……でも、ありがとう」

そう言って優しく微笑むとディーは改めてベッドの上のシオン様に目を向けた。シオン様もとっても柔らかい表情でディーを見つめている。

「ディライト」

「兄さん……」

ディーがそっとシオン様に近づいていく。シオン様がディーに向ける視線は『兄』の視線。この二人はちゃんと家族だ。ベッド横の椅子に力が抜けたように座り、ディーは震える手でシオン様に触れようとしている。

途中で手を止めたのは、シオン様に触れていいものか悩んでいるみたい。

すると、ふっとシオン様が優しく微笑んでシオン様からディーの頭に触れた。

「ごめんね。心配かけた」

ふるふると首をふるディーは何かを堪《こら》えるようにじっと動かない。

シオン様はディーの手を握って、目を見つめる。

「番《つがい》ができたんだね。それも『運命の番《つがい》』。おめでとう」

それからよしよしと頭を撫でられて、ディーはもう耐えられなかったみたいだ。

「もう、大丈夫だよ」

「っ、に、さん……兄さん、兄さん！」

ぎゅうぎゅうにディーがシオン様を抱きしめている。

良かったね、ディー。

二人に感化されたのか、お兄様たちみんなが寄ってきて無言で抱きしめてくれる。

ふふ、みんな甘えんぼさんだ。

「ふふ、温かいですね」

「……くすぐったい……」

「お兄様たちみんな大好きです！」

大好きだよ。本当に。

前世のあの子たちも。会えないと分かってはいるけど、それでも気持ちは変わらない。ずっとずっと大好き。

ふう、と息を吐きだす。

ちょうどその時、シオン様もディーから手を離したのが見えた。

改めてシオン様が私たちに向き直る。

「公爵家のみなさん、本当にありがとうございます。喜んで契約を結ばせてください」

「僕もお願いします！」

「あら、ディライトはフィルと結んでるから、フリードリヒ家との契約は必要ないのよ」

確かに。ディーが裏切ることはないからわざわざ誓う必要はない。

というか、あの、そろそろディーの近くにいきたいな……

分かってる、分かってるんだよ？　今は大事な場面だし、せっかくディーがお兄さんと仲良くできている訳だし。でも、でもね？　目の前に番《つがい》がいて、側にいられないのはちょっと寂しいじゃん。

せめて、隣にいきたいなって……

……うぅー！　でも邪魔したくないし、未来のお義兄《にい》様に何この子とか思われたくない！

「ふっ、ふは、あはは！」

「ディライト？」

「ふっ、なんでもっ、ないよ、ふふふ」

あ、これ絶対バレた。私とディーの間は結ばれているから、私の感情はダダ漏れだもんね。でも笑いすぎだよディー！

みんなが笑っているディーを不思議そうに見る中、エル兄様だけが私の表情を見て納得してくれたみたい。さりげなくお父様にこの会の終了を提案してくれた。

「父さん。そろそろシオンを休ませてあげたら？　まだ三日間は安心できないでしょ？」

そう言ってちらっとお母様を見ると、お母様もしっかり頷いた。

「えぇ、そうね」

「ふむ……、プレザントリー家が動き出すのはおそらく一週間ほど後でしょう。それまでは情報共有以外は各自自由に過ごしていいですよ。ただし自分のやるべき事はしっかり理解するように」

お父様の言葉を最後に解散する。

その時、今日はもうゆっくり休んで、明日からはシオン様の治療以外は森に行ったほうがいいとお母様に言われた。今、私の体の中の魔力が乱れているらしく、魔力を抑えるためにも自然と触れ合うようにということだ。

ルアにも会いたいし、ちょうどいいかな。

◆

「ルアー！」

次の日、早起きをしてシオン様の魔力調和に向かった。

それもすぐ終わったので早速私は森に来た。

ルアがどこにいるか分からないからとりあえず大きな声で呼んでみた。

来てくれるかな。私とルアは今、仮契約の状態だから多分呼んでいるのは伝わったと思うけど。

きょろきょろと周りを見回していると、突然大きなもふもふが私の足元から現れた。

『フィエルテ』

「わぁ！」

びっくりしたぁ、影から出てきたよね今⁉

声も出せないでいると、ルアは私の心を読んだのかこくりと頷いた。

『仮契約をしたからな。我の力が強い森の中でならそなたの影を伝って移動できると言っただろう。本契約すればどこでもその方法で移動が可能だぞ』

「そうなの？　あ、本契約と言えば、魔力調整ができたよ。精霊たちの力を借りてだけど……他の人への魔力の受け渡しもちゃんとできたの」

『うむ。では本契約をするか。我が補助しよう』

本契約ってどうしたらいいんだろう？　もうルアに名前はつけてるもんね？

首を傾げるとルアが近寄ってきて言った。

『魔力をくれ』

「魔力？」

言われるがままに、自分の魔力をルアに向かって流してみる。

昨日の感覚を思い出したらすぐできた。自分の体内から何かが一気に抜けていく感覚。スッキリもするけど一瞬体がふらついた。

これでいいのかな？

『うむ。名をつけ魔力を与える。これが我ら魔獣や精霊との契約の基本だ。……契約は成った。我が身尽きるまで汝《なんじ》と共に。よろしく頼むぞ主』

「ふふ、フィルでいいよ。よろしくねルアアパル。私のルア」

互いに名前を呼び合うと、ふわっとルアの体が光った。これで本当に契約が完了したみたい。

さてじゃあこれからは、もふもふたーいむ!!

なんだかすこーし疲れたのでルアの白銀の毛皮をもふらせてもらおう。

大きな体に飛び込むようにしてもふもふもふもふ……ああ、癒《いや》される。

さらさら。もふもふ。今度はブラシを持ってこようと心に決める。

好きなだけもふっていると、ルアがぴこっと片耳を動かした。

『む、フィル。ディライトだ』

「えっ」

なんとなく隠れるようにルアの毛並みに埋もれる。ルアは私より大きいから全身が包まれるみたいだ。

ようやく私でも分かるくらいディーが近くに来たようだ。地面を踏む軽い足音がして、クスクスと笑いながらディーが私の側までやってくる。

だけどルアの毛皮に埋もれたまま顔を出してあげない。

「ルティ、怒ってるの？」

怒ってない。別に昨日の笑いすぎに怒ったりしてないし、気持ちが筒抜けになってちょっと恥ずかしかったとか、私の気持ちがそこまで分かってたならちゃんと側に来てほしかったなんて思ってないんだから。

もぞもぞしてたら、ルアにぺいっと毛皮の外に放り出された。それから森の主として仕事をしなければならないと言い訳じみたことを言う。そしてあっという間に私の影に潜っていなくなってしまった。

嘘でしょルア。今ディーと二人きりにしないでほしかったんだけど⁉

恨めしく影を睨みつけていると、ディーがしゃがんで、私と視線の高さを合わせた。

「ルティ」

「何？」

「怒ってるの？」

「怒ってはないよ」

優しい視線のディーと目を合わせるのがなんとなく嫌で顔を背《そむ》ける。

実際怒っているというよりは恥ずかしいんだよね。

ディーに感情が筒抜けなのは別に気にしない。でもこう、心臓の辺りがもぞもぞするというか、ちょっとだけ、恥ずかしい。

どう伝えたらいいか分からなくて黙っていたら温かい感情が自分の中に落ちてくる。

何かが伝わってくる感じ？　すごく優しくて……これは。

思わずディーの方を向く。すると、やっぱり優しい笑顔で私のことを見つめていた。

「ふふ、伝わった？」

「……うん」

ディーが、大好きって伝えてくれた。

大好き、愛してる。離れたくない。意識するとぶわっと沢山ディーの感情が流れてきた。

「機嫌、治った？」

「……まだ、もっと」

ぎゅっとディーに抱きつくと、ディーは目を見開いた。びっくりしたような顔をして、その後くしゃりと顔を歪《ゆが》め、満面の笑みを浮かべる。

「可愛すぎるよルティ」

「なにが」

「もう、無自覚」

ぎゅうぎゅうに抱きしめ返してくれるからそのままディーに包まれた。

それから、いつもの小屋に移動して二人でのんびり過ごすことになった。

なんだかディーと離れたくない。少しでも離れると不安になる。

ディーと出会ってすぐも同じ感じだった気がする。

でも、ずっと一緒にいる訳にもいかない。私は後三年したら学校が始まるし、ディーも国軍所属の身で、オルニスのメンバーでもある。

いつものようにテーブルの向かいに座るのではなく、ディーの膝に乗りたい気持ちに駆られ、迷っていたらディーが首を傾げた。

「どうかした？」

「ディーと少しでも離れたらすごく不安なの。でもこれからは今まで以上に二人だけの時間はなかなか取れなくなるだろうし……私、学校に行くときとか大丈夫かなーって」

「あぁ、大丈夫だよ。ここまでお互いを求めるのは番《つがい》になりたての時だけだから。番《つがい》になりたてだと何かと不安になりやすいんだよ」

なるほど。

その不安は一ヶ月ほどしたら治まるとディーが教えてくれた。

ディーの両親との決着が大体一週間後で、その後もプレザントリー家の立て直しのための準備がある。その間はディーもシオン様もうちにいるだろうから大丈夫かな。

「ありがとう、教えてくれて」

「ううん。ルティが知りたいことならできるだけなんでも教えるよ。他に聞きたいことはある？」

「うーん……」

今のこともそうだし、私、獣人のことを深く知らないな。ディーのためにもちゃんと学びたい。

そうお願いしたらディーは快く引き受けてくれた。大好き。

今度こそ、ディーと向かい合うように座って勉強会みたいなものを始める。

基本ここにはなんでも揃ってるから紙とか準備すればそれっぽい。

ディーは何から始めようかな……と呟いて私を見た。

「まず。獣人はほかの種族に比べて身体能力が高いのは知ってるよね？」

「うん。その代わり魔法があまり使えないんだよね？」

使えるのは身体強化系の魔法だけ。それを使えるのも一部の獣人のみだ。

「そう。狐族を除いてね」

狐族。獣人なのに私たち人間より繊細で強力な魔法を使う。膨大な魔力を持つ故に差別があった時代では、人間に捕らえられてしまうことが多かった。

だから狐族は警戒心が強く滅多に見つからなかったという。

その辺りは、ディーについて教えてもらったときに聞いた話も多かったから頷く。

するとディーはもう少し大まかなところから始めようか、と言って話し始めた。

獣人とは、字のごとく獣と人の特徴をどちらも持ち合わせている。そして、それぞれの元となる獣の性質を受け継いでいる。

例えば蛇獣人は熱を感知する能力が高かったり、鳥獣人は空を飛べたりする。

求愛方法もそれぞれの動物らしいやり方で行うそうだ。

それだとハーフとかになるとどうなるんだろう？

疑問をポロッと口に出したらディーはちゃんと答えてくれた。

基本的に獣人は同種のものか人間としか番《つがい》にならないのだそうだ。そして、人間と番《つがい》になると獣人の血が濃く出るらしい。ディーは兎と狐の獣人族の血を持つけど濃いのは狐の血だから、分類上は狐獣人になるらしい。

「それで、獣人にとって耳と尻尾っていうのはすごく大事なんだ」

「大事な場所？」

「うん。他人に触られると不快に感じる。番《つがい》や家族以外に触られることをよしとする獣人はまず居ない。だからしっぽを絡めたりするのはあなたを信用してますっていうアピールになる」

なるほど、つまり、ディーが私にしっぽでもふもふしてくるのは信頼しているってこと？

……魔法を覚えて、私もしっぽを生やせたらいいのに。信頼してるってそうやって伝えられたらうれしい。

むむ、と考えているとディーが頷いた。

「次は番《つがい》に関してかな」

「大事だね！」

これはディーと私に関することだから、ちゃんと理解しなきゃ。

とりあえず、獣人がとっても愛情深いっていうのは知ってるんだけど。

「獣人は気に入った人にマーキングを許すんだよ」

「マーキング」

それは自分のものだっていう主張。抱きしめたり、キスしたり。くっつくことで自分の匂いを付ける行為のことだそうだ。獣人は恋人と番《つがい》にはとても大きな違いがあるそう。恋人期間の女性は少しでも別の相手がいいなって思えばそっちにいくことができる。人間でいう浮気が許されるみたい。

「これに関しては本能みたいなものだからね。でも番《つがい》になると余所見は許されない。もし、浮気しようものならよくて監禁、悪ければ浮気相手や番《つがい》もろとも心中することもある」

「し、心中……」

これは人間と大きな違いかな。

それから獣人にとっての『強さ』の概念についても説明を受ける。獣人の世界は完全実力主義。ただ、上に立つ者は力だけでなく頭の良さも必要だ。それでも、上に立つ者は一定の戦闘能力を持っていることが前提にある。

「この国は人間が主導しているけど、獣人が中心に回っている国もあるからね」

「今獣人の国を治めてる王様は結構長い期間、王様なんでしょ？」

「うん。その国の現国王はライオンの獣人で息子が三人いる。獣人は強さがすべてだから、次代の王に直系の子孫が選ばれないこともあるけど、今回はほぼ確実に息子のうちの誰かだって言われてるくらい強いんだって」

「ライオン……たてがみってもふもふしてるのかな」

ちょっと硬そうだよね。ライオンの威厳あるたてがみはかっこいいし、触ってみたい。

どんな感じかなあ、なんて想像していたら、思ったよりも真剣な顔でディーに手を掴まれた。

「ルティ」

「ん？」

「それは浮気とみなします」

なんと。それはダメだね。

その後も沢山の事を話した。ディーのこと、私のこと。なにが好きで何が嫌いか、今まで嬉しかったこととか沢山。

部屋の中が暗くなってきたころ、リーベ兄様がお迎えに来てくれた。

「帰るぞー！」

「はぁい」

屋敷までの道を、リーベ兄様の魔法が明るく照らす。

私が転んだりしないかをしっかり見張りながらリーベ兄様が笑顔を浮かべた。

「そう言えばフィル、森の主と仲良くなったんだって？　良かったなー！　フィルはふわふわしたものが好きだもんな！」

森の主……ルアの事だ。そういえば、今日お仕事に行ってからルアは結局戻ってこなかった。

そうだった、みんなに契約のことって言った方がいいのかな？

「森の主様と主従の契約をしましたよ！」

はい！　と元気よく手を挙げて見せるとぴたりとリーベ兄様の足が止まった。

「そうかー、主従の契約かー……ん？」

「ルアは私の召喚獣です！」

「……帰ったら事情聴取だな！」

あれ、また何かやらかした？

そうと決まったら早く帰ろうな！　とリーベ兄様にいつもの抱っこの姿勢で運ばれてしまった。


さて、只今私は家族に囲まれている状態でビクビクしている。

なんでかって？　みんなの視線が集中してるからね！

「さて、フィル？　説明しなさい」

「はい……」

お母様に求められたのはルアと主従の契約を結んだことの説明だ。

一体、何から説明したらいいだろう。

もしかしたら森の主との契約はダメだったのかもしれない。色々と考えて頭がごちゃごちゃしてくる。

そうして結局何も話すことができなくなった。

そうしていたらお父様が質問してくれた。

いつもより厳しい顔と声に自然と身がが竦《すく》む。

「フィル。そもそも本当に森の主と契約したんですか？」

「はい、そうです……もしかして、ダメなことでしたか。私、ダメなことしたんですか？　っ、ごめんなさいっ、謝るから、嫌いにならないでっ……」

　このくらいで、みんなが私を嫌いになるはずないって頭では分かってる。だけどすごく不安になる。向こうの世界の母は何か少しでも気に入らないことがあるとすごく怒ったから。私のこと、兄妹のことを嫌っていたから。一瞬母の怒った姿が頭をよぎり、余計に身を固くする。

「フィル」

「ごめんなさいっ」

「フィル、落ち着きなさい。大丈夫。みんなフィルを心配しただけだから」

「し、んぱい？」

「おいで、説明しましょうか」

　お父様が私を膝に抱き上げて、そっと体を揺らしてくれる。

　本当に私を嫌ったり、怒ったりしている訳じゃないことが分かる。段々落ち着いてきて、涙が止まった。それを見てお父様が優しく微笑んでくれたから安心して体の力を抜く。

　お父様の抱っこは温かい。優しくて、安心できる。

　吸って吐いて、呼吸が落ち着いた頃にお父様がもう一度頭を撫でてくれた。

「さて、なんでみんなが心配したのか教えてあげますね」

　主従の契約というのは命懸けの契約だ。普通の召喚契約の何倍も魔力が必要で、召喚時だけじゃなく、召喚した相手に自分の魔力をその後も永遠に与え続けないといけない。

私の魔力は無限だけど、体内で魔力を作り出す時間は必要。だから常に魔力が無限な訳じゃない。そんな状態で契約をしたからみんな心配してくれたんだって。

特にルアは森の主でもあるから考えられないほどの魔力が必要だったはずだと。

みんなが浮かない顔をする訳だ……私は知らぬうちに危ない橋を渡っていたんだから。これは私が悪い。

「ごめんなさい……」

「フィル。好奇心が多いのはいい事だけど何かする時は必ず確認するようにね？」

「はい」

報連相って、大事なんだな……

次からちゃんとします、ごめんなさい。

私がしょんぼりと頭を下げると、お父様がまた頭を撫でてくれた。

「さて、フィル。今森の主を呼ぶことはできますか？」

「できるってルアは言ってました」

ルアに会うのかな？

本契約したら影の中でどこでも移動できるって言ってたから多分できるはずだ。詳しいやり方は分からないけど……影に呼びかけたらいいのかな？

「ルア、ルアアパル。来てくれる？」

『呼んだか』

おぉ！　できた!!

影からひょこっと頭と前足を出しているルア。

とってもかわいい、こてんって頭を傾けるのもいい！　最高！

可愛らしさに内心悶絶していると、ルアは怪訝そうに首を傾げた。

『用があるんじゃないのか？』

「ごめん！　そう！　ルアはお父様たちとお話できる？」

心の中で可愛さにやられていて放置してしまっていた。危ない。

『できるぞ。このままだと大きいか、ちょっと待て』

ポンッ。

音がしたかと思えばルアが煙に包まれた。煙がなくなりそこに居たのは……

「っ〜〜！　ルア！　可愛いっ!!」

ぬいぐるみみたいに小さくなったルア。

子犬サイズの姿を思わず抱きあげると柔らかい森の匂いがした。

カシャ。前世で聞き慣れた音がしてくるっと振り返る。

するとお母様がカメラのような何か——おそらく魔道具を手に目を輝かせていた。

ちゃんと写真撮ってるよ。

「アイシャ」

「心配しないで！　ちゃんと配るわ！」

「ならいいです」

お父様が声を上げたので、そんな場合ではないという叱責かと思ったのだけど写真のおねだりだったみたい。我が家はそれでいいのだろうか……うーん、私も写真、欲しいかもしれない。

そんなこんなでしばらく撮影会となり、ルアが微妙に呆れた顔をし始めた時、こほん、とお父様が咳ばらいをして仕切り直した。

「ルアアパルさんでしたね。聞きたいことがあります」

『フィル同様ルアでいい。敬称もいらん』

「ではルア。フィルと契約したということはご存知でしょうが、この子は愛護者です。魔力も秘めた能力も非常に多い。ですからこの先彼女は危険な目に遭うかもしれません。そんな時森に何かあったとして、森の主であるあなたがフィルを優先できますか？」

『できないとしたら？』

「契約の破棄を望みます」

「お父様!?」

なんでそんなこと言うの、と私は慌てる。ルアと契約したのは何かから守って欲しいからじゃない。ルアとは仲良く家族みたいになれたら、と思っていたし、そもそも私は守られなくていいように強くなるんだから。

そう言い返そうと思ったときに、ルアが小さく私に向かって吼《ほ》えた。

落ち着け、という声に聞こえてルアの方を向く。ルアは一瞬優しいまなざしで私を見て、お父様の方に向き直った。

『ふむ、まぁその必要はないのだが、な。フィエルテと対等の契約ではなく主従の契約を望んだ時点で、我にとってはフィエルテが絶対だ。何があろうと優先する。今はそのために森の主の引き継ぎをしているからな』

今度はお父様が言葉に詰まる番だった。

「森の主の引き継ぎを……？」

「そうだ」

ルアはさっきと違って私を優先すると言った。

『すまないな、フィルの家族が我に対してどのような姿勢なのか知りたかったのだ』

なんだか堪らない気持ちになって、私はルアの毛皮に顔を埋める。

そうしたらルアが私の手に前足でぽんぽんしてくれた。肉球、ぷにぷにだ。

お父様もみんなも怒っている訳じゃなくてよかったな。そう思っていたんだけど……

「父さんすぐに連絡しないと」

「えぇ！」

焦った声でエル兄様やお父様、お母様が動き出している。

引き継ぎってルアが森の主を辞めて、別の魔獣が森の新しい『主』になるってこと？　お父様たちが慌てているけど何か起こるのだろうか。

こっそりルアに尋ねると教えてくれた。

主というのは良くも悪くもその地に影響を与える。だから森の主が代わってすぐは森の生き物たちも騒がしくなるんだって。そうなると、その場所に住む生物の生態系や強さにも影響が出る。そうすると生物たちの気が立って危ないから、森に人が入らないようにするということらしい。

次の森の主もルアの一族から出るのかな？　それとも別の種族だろうか。

そう思っていると、ルアがまた教えてくれた。

『次の森の主はアクアウルフだぞ』

「アクアウルフ!!」

「うぉ!?　なんだ、どうしたフィル！」

「あ」

リーベ兄様が振り向いたので、私は口に手を当てる。

思わず大声になってしまった。

「フィル？」

「次の森の主はアクアウルフだってルアが言ってます」

改めてリーベ兄様にそう伝えた。

アクアウルフかぁ、水を纏《まと》う狼。毛質が水みたいに滑らかなんだよね。私の触ってみたいランキングの上位にランクインしてる。ふわふわが一番好きな感触だけど、別にそれだけが好きなわけじゃないからね！　生き物全般が好きだからいろんな動物に触れてみたいんだよ。

「アクアウルフ……では、火系の生き物たちが特に危なくなりますね」

それぞれの場所の生態系、ヒエラルキーはその場所の主によって変わる。

今回水の魔力属性を持つアクアウルフが森の主になると水系の生き物たちは加護を受け、強化される。生態系が完全に破壊されないよう、差がつきすぎなくはなっているみたいだけど、属性の加護によって差があるのも事実。

だから今回は火系の生き物たちの気が立って荒々しくなるとのことだ。

その後、お父様がバタバタと領地への連絡を急ぎ私たちは解散ということになった。家族みんながルアに私をよろしくと念押ししていた。

エル兄様なんて私の監視をお願いしてたからね、――やっぱり一番過保護なのはエル兄様かもしれない。


「ふう」

ルアのことを伝えてから自室に戻ってベッドの上に仰向けになった。

いつもならドレスが皺《しわ》になるのが怖くて、きちんと全部棚に掛けてから横になるのだけど、今日はなんとなく疲れてしまったのだ。

なんだかこの頃家族に迷惑ばかりかけている気がする。

着々とゲイルやお父様の調査は進んでいるらしく、予定通りプレザントリー家から面会の申し入れがあったそうだ。

それによるとディーの家族との対面まであと二日しかない。

明後日、このままだと私は今回見ているだけになる。

魔法をちゃんと習ってない、ましてや戦うすべを持たない私ができることなんて何もない。本来なら参加することすらできないんだから、ディーが解放されるのを見られるだけで感謝したほうがいいのかもしれないけど。

「見てるだけ、か」

悔しい。大切な人を傷つけた人たちが罰せられる瞬間を見ていることしかできない。

私が望んだから家族が動いてくれたのに、望んだ本人が何もできないなんて……。自分が許せない。まだ五歳だからなんて言葉で甘やかされたくない。愛されたい、と思ってこの世界に来た。でもようやく分かった。愛されるだけじゃなくて、私もきちんとその気持ちに応えたい。好きな人の助けになりたい。

だからひたすら考えてしまう。なんで、どうして、悔しい、許せない、そんな思いでいっぱいになる。泣きそうだ。

目頭を袖でごしごし擦る。そんな時だった。

「ルティ」

「え、ディー？」

「うん。入っていい？」

「だめ」

慌ててディーを止める。

こんな泣きそうな顔見られたくない。同時に、声がくぐもっていることに気が付いて、慌てて涙を呑み込む。それから元気そうな声を作ってドアの外に声をかけた。

「ごめんね、ちょっと疲れたからもう眠くて……」

「……大丈夫だよ」

優しい声。同時にじんわりとディーの気持ちが流れ込んでくる。

「な、に」

「開けて」

「っ、いやだ」

「お願い。僕を、泣いてる番《つがい》を慰められないような不甲斐ない男にしないで？」

そんな、そんな言い方、ずるい。だって、そんなこと言われたら開けない訳にはいかないじゃないか。ドアを開け、ディーの前に俯《うつむ》いたまま立つ。

部屋に入るとすぐ、ディーが私の前でしゃがんだ。

私の泣きそうな顔がディーの瞳に映っている。なんて酷い顔。

「ルティ。僕はルティに助けてもらったよ」

そう言ってぎゅうっと優しく抱きしめられる。

そんなことをされたら一生懸命耐えた涙がポロポロと零《こぼ》れてしまう。

私が泣くなんて間違ってるのに。

ずっとずっと、苦しんできたのはディーなのに。

そんな私の気持ちが、ディーの中に流れ込んでいく。

ディーは私を見つめて、優しく微笑んだ。

「よくあるセリフかもしれないけど、ルティに出会って僕の日常は変わったんだよ。出会ってから時間はそんなに経ってないけど、ずっと幸せなんだよ」

「うそ」

「嘘じゃない。ルティに悲しい思いをさせたのは少し嫌だけどね」

「それはっ、ディーのせいじゃ」

「いいんだよ。僕のせいで。だって、ルティを悲しませたのは僕って思うと嬉しい」

嬉しい……？

どうして？

「その悲しみは僕が与えたものでしょう。ルティの中に僕がいる証拠。笑ったり泣いたり怒ったり、ルティの感情を全部、僕だけが与えたいって思うくらいルティのことが大好きなんだよ」

それは、大きな大きな愛。

私が求めて止まない、前世からずっと欲しかったもの。ディーが与えてくれた特別な愛。こんなに思ってくれるから私は幸せになれる。

でも、だからこそ、何もできない自分が情けなくて、悔しくてしょうがないんだ。

「……悔しいの」

「うん」

「ディーを苦しめた人たちに何もできない自分が悔しい。それを五歳だからって許されるのもつらい」

「うん」

ポツポツと私の口から零《こぼ》れる言葉。

ディーは静かに、何も言わず、ただ頷いて背中をなでてくれる。

「僕はね。ずっと先の見えない自分の人生が嫌いだった。獣人の自分が大嫌いだった。でも、ルティが好きって言ってくれた」

「ほんとに、好きだから」

「そのおかげで僕は獣人のままでいいやって思えたよ。俺の生きる理由だった兄さんも元気になって、僕を愛してくれる人がいる。僕も愛する人ができた」

ディーは強い。

「今出会ったからこそ、僕は大切な人を守れる」

きらきらとディーの夜色の瞳が私を映す。

私は弱い。たとえ、神様からもらったチートがあって、魔力が多くたって使えなきゃ意味がない。

転生しているからって五歳じゃ何もできない。

それなら私は強くなろう。ずるくなろう。使えるものは使わなきゃ。利用できるものは利用する。

たとえ家族でも。みんな喜んで利用されてくれるから。私はこれから返していけばいい。

「ごめんなさい。もう、大丈夫」

「ルティ」

「私、強くなる。守られてばかりは嫌だから」

「うん」

きっと強くなる。どんなことも乗り越えてみせよう。私には沢山の味方がいるから。だから大丈夫。

でも、それでも。

「でもね……どうしても辛い時は、甘えてもいい？　弱い私でも、好きでいてくれる？」

「当たり前でしょう。本当はずっと守られていてほしい。けど、ルティがそれを望まないなら頑張ればいい。弱いルティも強いルティも。どんなルティのことも大好きなんだ」

「ありがとう……」

大丈夫。一人じゃない。

それに私には怖いくらいのチートがあるんだもん。こうなったらチートＭＡＸ目指すよ！

そしてディーと一緒に幸せになるの。

まずは二日後。ちゃんと見届ける。

新しい幸せな日々への一歩を踏み出すんだ。

これからのために努力することを決めてディーにぎゅうっと抱きついたその時、ディーの身体が光り出した。

「え？」

その光が段々と小さくなっていったかと思ったら、いつか見た白い兎さんが私の掌《てのひら》に現れた。

兎さんの目はディーと同じ夜色をしていた。毛の色はディーと変わらない乳白色のままだ。

「ディー……？」

「くぅ？」

「なんで、急に？」

「きゅ、くぅ！」

突然兎になったディー。

ディーは私の手の上から飛び降りると、ばっと扉を前足で押す仕草をする。

外に出たいのかな。

いつもならディーとの『結び』で繋がっていて分かるはずの気持ちが分からない。

なんで？　どういうこと？

不安になりながらも、扉を開けてあげるとディーはこちらの様子を窺《うかが》いながら前に進んでいく。

ついて来いってこと？

ぴょんぴょんと飛び跳ねながらディーが向かう先は、客室がいっぱいあるところだ。

もしかしてシオン様の所に行こうとしてるのかな？　そっとディーを抱き上げてシオン様がいる部屋の前まで行き、扉をノックする。

ディーは何も言わずじっとしているのでこれで間違っていないはずだ。

『はい』

「シオン様……」

『フィルちゃん？　どうぞ』

許可をもらって部屋に入れてもらう。

本当はこんな夜に異性の部屋に行くのは良くないいんだけど、まぁ五歳だし。

一応緊急事態っぽいし。

しょうがないよね！　お邪魔しますっ!!

部屋の中に入った私の手の中にいるディーの姿を見て状況を把握したのか、シオン様はそっと私とディーを布団の上に上げてくれた。おぉ、私を抱っこできるくらい回復したみたい。良かった。

ちらりとシオン様の視線が窓に向かう。

「そっか、今日は満月だもんね」

「満月……？」

シオン様が撫でているうちにディーは眠ってしまったらしく、私の腕の中ですぅすぅと寝息を立てていた。

「ディライトは狐族の血が濃いから普段は狐族の獣人の姿だし、魔法も少しだけ使うことができる。でも、満月の日だけは兎族の血が働くみたいで、兎の姿に戻ってしまうんだ。兎族は月の満ち欠けによって能力の高さに差が出るから」

だから、兎の姿に？

ディーの魔力はいつもに比べてとても薄くなっているし気配もすごく弱々しい。

「本当の兎みたい……話せないし、魔力だってこんなに弱まってて大丈夫なんですか？」

「そうだね……、この状態のディライトからは離れないであげて。今までは僕が面倒を見てたけどフィルちゃんっていう番《つがい》ができたなら番《つがい》の側にいた方が安心だろうしね」

それからシオン様は色々と話してくれた。

兎状態のディーとは念話ができないけれど、動きである程度のやりたいことを教えてくれるそうだ。そして、寂しがって側に誰かが居ないとソワソワすること。この姿は朝には戻ること。

この姿でも食べ物はいつもと同じらしい。

なるほど、毎月満月の日は気をつけないとだね。満月だとしても姿が夜の何時に変化するかどうかは決まってないらしく寝ている間に変わっていたり、夕日が沈んですぐ変わったりとバラバラなのだと言われた。

「そういえば、ディーと初めて出会った時も兎の姿だったみたいです」

「そうか……その日も満月だったのかもしれないね」

それからもう遅いからおやすみとシオン様が部屋まで送ってくれた。

シオン様の足取りはしっかりしている。回復が早いようで安心した。

部屋に戻り、ベッドの枕元にそっと兎のディーを下ろして自分も布団に潜り込む。寝てるディーの頭をそっと撫でれば、長い耳がピクッと動いて目を開けた。

「あ、ごめんね？　起こしちゃった？」

「……」

「ディー？」

じっとこちらを見つめてくるから、撫でている手を離そうとするとディーは手の上に乗るようにして顎をすりすりと擦りつけてきた。

え、可愛い。

というか、色々聞いて特に問題がある訳じゃないって分かってからずっと思ってたんだよね。すっごく手触りがいい。前にも森で撫でさせてもらったけど、狐の時も兎の時も、ディーの毛並みってほんとにふわふわサラサラしてるんだよね。

ぼーっとしながらディーがすりすりするのを眺めていたらふとディーが私を見上げた。

「どうしたの？」

「きゅう」

もぞもぞと布団の中に潜り込んで私の胸元で丸くなった。

……もしかして、くっついて寝ようとかそういうこと？

ディーの気持ちが流れてこないから不安だったけど、なんとなく、行動で分かる。じっと見つめてくる目から伝わってくる。

良かった。眠るディライトを見つめていると段々と私も眠くなってきた。小さなディーを潰してしまわないようにそっと包むように抱きしめて眠る。

「おやすみ、ディー。大好きだよ」

眠りにつく間際、ディーが腕の中でもぞもぞ動いた気がするけど眠気には抗《あらが》えず、その動きがなんだったのか確認することはできなかった。

暖かい……ふわふわ、この感触を私は知っている。

この触り心地と森の匂いは――

「ディーの、しっぽ」

「おはよう。ルティ」

「ん、ディー……元の姿にもどった？」

「うん。ごめんね？　昨日はびっくりしたでしょう」

「ん、びっくりはしたけどだいじょーぶ。可愛かったから」

くすくすとディーが笑ってる気配がする。

んー、眠い。ディーの狐のもふもふのしっぽに包まれていい感じにあったかくて眠気が止まらないや。

「ふふ、ルティ。起きないの？」

「ん、おきる……」

「準備してあげるからしっぽ離して？」

「ん、しっぽ……？」

「ルティ、一本ギュッて握ってる」

「あれ」

なんと、私、包んでくれてる九尾のうち一尾をぎゅうっと抱きしめてたよ。

ディーのしっぽは私を包めるくらい大きいから抱きしめるのにちょうどいいんだよね。

名残惜しいけど今日は約束もあるし起きなきゃ。

もそもそと布団の中から出て大きく伸びをする。

ぎゅうっとディーに抱きつくと、撫でられて何回目かのおはようを言われる。

「おはよう」

それにおはようって返すとちゅっと額にキスされて目が覚める。

うん。幸せだ。

ディーがベッドから立ち上がって、机の上の水差しの水を洗面器に注ぐ。

「水持ってきたから顔洗って着替えよう？　今日はどの服を着る？」

「んー……今日は動きやすいのがいい」

「運動でもするの？」

実は約束があるんだよね。

「運動というか、精霊たちと森に行くの」

「精霊たちと？」

「うん。なんかね、私と遊びたいって言ってたから森で遊ぶの」

精霊との契約はまだしていない。

なんか初契約は学園に入学してからって暗黙の了解みたいなものがあるらしい。そもそも普通の貴族の子たちは学園に入るまでは座学を学ぶだけらしく、私みたいに魔力の制御が必要だったり、理由があって精霊や召喚獣と契約してしまったりした子以外は、魔法の実技は学園で初めて学ぶんだって。

早く契約したいけど、どうせ契約するなら相性のいい子がいいな。

精霊たちと関わるようになって思ったんだけど、あの子たちは個性に溢れている。

のんびり屋さんだったり、とても活発な子だったり、オシャレを気にする子もいれば趣味を持つ子もいる。ほんとに色々な子たちがいるんだよね。

その中から相性のいい子を見つけるってなかなか難しい。

お父様たちはどうやって契約したんだろう。みんな中位精霊以上だしすごいなぁ。

そういえばお父様たちは召喚獣とかはいるのかな？　お母様はいそうだな。魔法に関することはなんでも知ってるから。

……本当は、ディーにも言えないけど今日精霊たちに会うのは、私ができることを探すためでもある。私にしかない力、神様がくれたチート能力。

家族に頼るだけじゃなくて、自分の力でディーを少しでも助けられたらと、そう思ったから。

にこっと笑うと、ディーは頷いてくれた。

いつも守ってくれる優しいディー。今度は私が守る番だ。

『フィエルテー！』

「およ？」

『遊ぶ？　遊び行く？』

『遊ぼう！　何して遊ぶ？』

そう思っていると、賑《にぎ》やかな声が窓の外から聞こえてきた。見ると、様々な精霊さんたちがこちらを見ている。

「みんなおはよう。ふふ、元気だねー」

「……すごいね」

ディーは全員は見えていないはずだけど、瞬《まばた》きを繰り返している。

あはは、ほんと、私の何がこんなに精霊を引き寄せるのやら。

精霊たちに理由を聞いてもなんとなくーとしか言わないからなぁ。というか、目立ちたくないけどこれだけ精霊が集まってたらみんなから見られるよね。

大注目間違いなしじゃん……

「はぁ……」

「ルティ？」

「なんでもない」

まあ、もう目立ってもいいかなって。大切な人を守れるならそっちの方が大切だ。

後でね！　と窓の外に呼びかけると元気な声が返ってきた。精霊たちが遠くに飛んでいく。

私の言葉にちょこっとだけ不思議そうに首を傾げてから、ディーは私に手を差し出した。

「なんでもないならいいけど。さっ、準備できたよ。ご飯食べてから行くんでしょう？」

「うん。ディーは兄様たちと調べ物？」

「そうだね。プレザントリー家について調べれば調べるほど違法案件が出てくるからね……」

多すぎてまとめるのが大変だよとディーが疲れた顔をする。

うーん、悪事の証拠が沢山あるのはこっちとしてもやりやすいからいいけど、多すぎると処理が大変だよね。お父様や兄様たちがこの頃ずっとバタバタしている。

お母様も未だに魔力供給不全被害に遭っている人たちのために医療体制を整えなきゃってお仕事にいきっぱなしだ。

終わったら何かお礼したいなぁ……

◆

「んー！　相変わらず綺麗な空気！」

やっぱり森は落ち着くなぁ。

空気がゆっくり流れている感じがする。綺麗な魔力がそこら中に溢れてるから気持ちがいいのかもしれない。

お母様いわく私は魔力を普通の人よりもはっきりと感じるから、こういう自然に溢れた場所にいた方が体調もよくなるとのこと。

だから自然から生まれる精霊たちが側にいるのは、普通は自分の魔力を食べられる可能性があるからよくないんだけど、私は魔力量が多すぎるから問題ないんだって。

思いっきり深呼吸していると、私の影からぬるんとルアが現れた。

『フィエルテ』

「ルア！」

『森の精霊たちが騒がしい』

「ありゃ」

見回すと確かに、早く早くと言わんばかりに瞳を輝かせた精霊たちがこちらを見ている。

精霊たちがザワザワしていると森の生き物たちもそわそわしちゃうから遊ぶかー。

せっかく楽しみにしてくれてるみたいだしね。

「みんなー！　しゅうごーう!!」

『フィエルテ！』

『まってたー！』

いつもよりたくさんの精霊が私の前に集まってくる。小さな子たちに囲まれて自分の周りに何があるか分からない状態。

カラフルできらきらしていてちょっと目が痛い。

さて、ボールを持ってきたけどみんなで遊べるかな？

「ルア、どこか広いところある？」

『あるぞ』

周りは樹ばかりだからどうかな、と聞いてみたらあっさりと返事をされてしまった。

さすが元森の主。すると、ルアはひょいっと私を咥《くわ》えて背中に乗せた。

そして走り出す。

あの、初めて乗るんだけど、どこ掴めばいいのかな？

待って待って速い、速いからね!? ルアさん！

びゅんびゅんと景色が流れていく。細い木の間をするりと抜けていくのは楽しいというよりも心臓に悪い。

必死にしがみついて、目を閉じているときゅっと車のブレーキのような反動がかかった。と、止まった……？

目を開けると、確かにルアの言った通り少し背の高い草木しかない広場に私たちは立っていた。

「っ、はぁ、はぁ、こ、怖かった……」

『む、すまん』

「いや、落ちなかったし、ふわふわだったからいいんだけど、せめて乗る前に乗り方を教えて欲しかったかな……」

『魔法が使えるようになるまでは我の毛を掴むしかない』

「……ちょっとやだ」

さっき思い切り掴んじゃったけど、毛を掴むだなんて痛いよ。

握り癖が毛につくし！　せっかくサラサラで綺麗な毛質なんだから大事にしなきゃ！

もふもふを失うなんて考えられない！

そう言うとルアがふっと笑う気配がした。

『……相変わらず好きだな』

「もふもふは正義だよ。癒《いや》しだよ」

『そうか』

もふもふの素晴らしさを力説していると、精霊たちがルアの毛に埋もれてもふもふーとか言っている。

可愛すぎる。お母様に写真を撮るための魔道具借りてくれば良かった……

『フィルー、何して遊ぶ？』

「ボールを持ってきたんだけど、できるかな？」

『ボール？』

「うん。これ、この丸いのを投げて遊ぶやつ」

ちょっとヨレヨレになりながらもポケットに入れていたボールを取り出す。魔道具でもあるそれは、取り出すと両手で持てる大きさに膨らんだ。

もしかして精霊一人じゃ持てないかな。

あ、風の精霊は持てるみたい。持つというか魔法を使って重さを支えてる感じか。

他の精霊は同じ属性の子たちと協力してる。これなら行けそう。

最初はとりあえずキャッチボールにしよう。

ルアが咥《くわ》えられる大きさにして良かった。

「まずは、キャッチボール！」

『キャッチボール！』

精霊たちはボール遊び自体はやったことはないけれど、人間が遊んでいるところを見たことはあるみたい。まぁ人間の暮らしに興味があるみたいだもんね。

「いくよー！　それっ！」

『わーい！』

おぉ、上手だ。みんなキャッチは得意みたい。

キャッキャッしながらボールを持っている。これならバレーとかもできるかな。

慣れてきたみたいだし、ゲームしてみよう！

バレーのルールを説明すると、みんなワクワクした顔になった。よし、チーム分けだ。

チームは全部で三つ。私とルアチーム。風、水、光チーム。土、火、闇チーム。とりあえず私とルアが審判をする。

「それじゃじゃんけんしてねー」

『じゃんけん？』

『じゃんけんってなぁに？』

「え……」

……この世界、じゃんけんがなかったらしい。

じゃんけんの説明から始める。

そして、説明をして始めようとすると問題が起こった。

『ハサミで石は切れるよ？』

『石で紙は破けるよ？』

『紙はいっぱい重ねたらハサミで切れないよ？』

……出たよ、子供か！

あぁ、中身は子供だったね。

この手の問題は前世でもよく見かけた。主に弟妹たち。これぱっかりはそういうものとして納得してもらうしかないんだよな。

「これはね、そういうものなの。これが決まりなの」

『決まり？』

『守るやつ？』

「そう、決まりで守らないといけないやつ」

『じゃあ守る！』

そう言うと、精霊たちはぴしっと手を挙げて納得してくれたみたいだ。

意外とすんなり引き下がってくれたな。

もう少し駄々を捏《こ》ねる子も多いのに。

不思議に思って聞いてみる。

「決まりだから守ってくれるの？」

『精霊王様が決まりは守らないとダメって言ってたのー』

『精霊王様の言うことは絶対なのー』

「精霊王様……」

なるほど、これも人間と精霊の違い、なのかな？

精霊王ってたしか六つの属性それぞれにいる、精霊の中で最も位《くらい》の高い人たちのことだよね。六つの属性はそれぞれこの国の神様たちの眷属なんだっけ。

そういう精霊たちのルールで生きているから、『決まり』で『守らないといけないこと』には精霊たちはしっかり従ってくれるのかもしれない。

『フィルー遊ぼう？』

『バレーしよう？』

精霊たちに声をかけられてハッとする。

考えても仕方ないか、会う訳でもないしね。

「ごめんね、じゃあやろうか！　じゃんけんして先攻と後攻決めたら始めるよー」

『はーい！』

◆

――なんだかビリビリと放電している精霊に、プスプス煙を上げる地面。他にも凍ってたり、浮いてたりとカオスな中で私は引きつった笑みを浮かべた。なかには土で造られたのかゴーレムのようなものの残骸まで転がっている。

どうしてこうなった。

最初は普通にバレーしてたんだよ。

そしたらね、段々とみんな火がついちゃったみたいで魔法を使いだした。

その時点で魔法を使えない私は見学になるんだけど、炎を纏《まと》うボールに土のブロッカー。風を使って地面につかないボール。触った瞬間顔に水がかかって前が見えなくなったり……こんなん普通の人とやったら怪我しちゃうよ。

バレーはこんなに危ないスポーツじゃないよ！

『バレー楽しいねぇ』

『でも僕疲れちゃったー』

『私もー』

「そりゃ、あれだけ魔法使ってたら疲れるよ……。休憩しよう？　どこかいいとこあるかな？」

全力で遊びきった風情の精霊たちが、ふよふよと空中に漂《ただよ》っている。重力なんてない精霊たちならどこでも休めるのだろうけど……、さすがにこの状況の地面に座るのは怖い。

精霊たちに聞くと近くに綺麗な水が湧く湖があるって。

そこなら涼しそうだし休憩にはちょうどいいかな？

森の精霊たちが案内してくれるというのでついて行く。

少し進めば水の音が聞こえてきた。

「わぁ、……すごい」

木々の間を抜けると、目の前に広がったのは大きな湖。底の方まで透き通っている。

陽の光が反射してすごく綺麗だ。森の木でちょうどいい感じに陰になっていて水はすごく冷たい。

透明で水底まで見えてるけど、多分私の背丈よりも深いよね。落ちて溺れないように気をつけなきゃ。

間違って落っこちないように、じりじり近づいていくと精霊たちが口々に言う。

『美味しいよ！』

『魔力キラキラ！』

魔力キラキラ？

じっと湖を見つめる。よく見るとこの湖、すごく綺麗な魔力を纏《まと》っているみたいだ。

虹色の光が水の中に煌《きら》めいている。

「魔法がかけられてる？　……ちがう、加護？」

『水の精霊王様のちからー！』

精霊たちの言葉に首を傾げる。

「どういうこと？　ルア」

『この湖は水の王の加護を受けている。浄化作用があるし、この水を飲めば魔力質が綺麗になる』

それってつまり。

「……聖水？」

『人間たちはそう呼ぶな』

聖水って、呪い系の魔法に対抗できるとても貴重なもののはず。確か魔力を上手に使えない人が飲むと、その時だけ上手に使えるようにもなるんだっけ。それがうちの領地の森にあるってこと？

このこと、お父様たちは知ってるのかな？　領地にあるってことはお城に報告する義務がある。貴重な資源をわざと隠していたと思われたら国家反逆を疑われかねない。

「このこと、領地の人とかお父様たちは」

『知らないだろうな。ここまで人が入ることはない。そもそも精霊に導かれた者しか辿り着けない』

ルアがさらりと答える。

「聖水が貴重と言われるのはもしかして精霊に導かれないと見つけることができないから……？」

『基本的にはそうだ。稀《まれ》に自然発生したものは誰でも見つけることができる。この湖は精霊王自ら加護を与えたもののゆえに、精霊に選ばれた者しか見つけることはできない』

それならお城に報告しなくても問題ないってこと？

というか、領地のため……つまり人間のために有効利用するのも精霊たちからすれば良くないことなのかな？

精霊王自らってことは精霊王がこの森に来るってことだ。精霊たちが多くいる所は豊かだと言うけど精霊王はその比じゃない。精霊王は気に入った場所や物を守るから精霊王がいる所は安全なんだよね。

もちろん守られることに甘えると、精霊王はその地を捨てることもあるそうだけど。

とんでもなく貴重な水。恐らく人間が手に触れることが基本的に許されていないこれを私は飲んでもいいのだろうか。

『どうしたの？』

『飲まないの？』

「私が、飲んでもいいの？」

『フィルは精霊たちが導いた者だからな。王も文句は言うまい』

精霊たちとルアが言う。

本当にいいのかな……と思いつつ、私はそっと湖の水面に手を伸ばした。

「い、いただきます」

五歳児の小さな手で水をすくって口元に運ぶ。一口、たった一口飲んだだけで、聖水が身体中に染み渡る。聖水は癒《いや》しをもたらすというけど本当だ。

体内の膨大な魔力に耐えられず、重たい身体がすっと軽くなる。身体の魔力の流れもよくなったみたい。

ぱっと顔を上げると、ルアも頷いていた。

『フィエルテの魔力との相性が良かったようだな』

「聖水にも相性があるの？」

『ある。魔のものとは基本的に相性がよくないし、万物を癒《いや》すとはいえ、魔力属性や適性によって差があるからな』

ならほど、もしかして聖水は魔族にもあまり良くないものになるのかな？

『魔の者というのは魔の心を持つ者。魔族とはいえ心が魔に染まっていなければ問題はない。魔の心を持つ者は無意識で聖水を見ただけで避ける』

そうか、じゃあ聖水は魔を避ける時にも使えるんだね。何か役に立ちそう。

「便利だね……これ、少しだけもらってもいいかな」

『いいよー！』

『あげるー！』

私のつぶやきに精霊たちが反応して、木の実の下半分を使った小さな容れ物を作ってくれた。

それもピカピカしていてとても綺麗。そっと私は手を伸ばして、聖水を汲《く》む。

きゅっと蓋をするように木の実の上半分をくっつけると、聖水入りの木の実が完成した。

『ああ。……そうだな、あとはここで少し昼寝でもするか。湖の近くで眠ればフィエルテの身体も癒《いや》されるだろう』

「でも、精霊たちと遊ばなきゃ」

『無理はよくない。それに精霊たちはフィエルテの側にいたいだけだ。共に眠れば良い。ここには危険はない』

眠れと擦り寄られると、ルアのサラサラの毛並みが、湖で少し冷えた体には温かくて眠気がやってくる。

少し、眠ってもいいかな。

ここ最近は忙しくてゆっくりできなかったから……

「森が、閉じるまえに」

『うむ。起こそう』

『お昼寝？』

『お昼寝するのー？』

「ん、おやすみ……」

スッと眠りにつく。

風で木が揺れる音。湖の涼しさとルアの温かさ。眠りにつくには好条件。精霊たちがわらわらと周りにくっついてくる感覚。ふふ、くすぐったい。おやすみなさい。

『フィエルテ。迎えが来たようだぞ』

「ん、う？」

「おはよう、フィル。ディライトが森に気配があるのにフィルが見つからないって焦ってたよ」

瞬《まばた》きをして目を開く。

エル、兄様？　迎え……あ、そっか私、湖のほとりで寝てたんだ。

あれ？　この湖は精霊に導かれた人しか入れないって言ってなかったっけ。

「エル兄様は、なんでここに？」

『守護者だからー』

『愛護者と、愛護者の守護者は特別！』

守護者。度々お父様とお母様の言葉にも出てきた守護者って一体なんなんだろう。

私の守護者はエル兄様？

「エル兄様。守護者ってなんですか？　私の守護者はエル兄様なんですか？」

『守護者は愛護者の盾の事だ』

エル兄様に聞くと、ルアが先に答えてくれた。

「盾……」

「愛護者を慈《いつく》しみ、愛護者の気持ちを汲《く》み取り、周りの者に正しく伝え愛護者を悪から守る者。そして、愛護者の心の拠《よ》り所《どころ》だっけ？」

『うむ。エルピスはよく理解しておるな』

「でも愛護者とか関係ないよ。フィルは愛護者である前に僕の大切な妹だからね。守るのなんて当たり前だから」

エル兄様の言葉にルアが頷く。私はむぎゅっと兄様に抱きついた。

エル兄様がクスクスと笑いながらどうしたの？　って聞いてくれる。愛護者だからじゃなくて妹だから、私が大切だから守ってくれるんだって。嬉しい。大好き。

でも守られるだけなのは嫌だから。

「エル兄様の事は私が守る。今は無理だけど、強くなります」

「ふふ、期待してる。でも、できれば兄様にずっと格好つけさせてほしいけどね。フィルの前ではかっこいい兄様でいたいんだよ？」

「兄様はいつでもかっこいいです！　大好きです！」

もちろんエルピス兄様以外も。お父様やお母様、リーベ兄様とジュール兄様のこともいっぱいいっぱい大好きだから。だから早く強くなって守られるだけじゃなくてみんなを守れるように、せめてみんなを支えられるようになりたい。

ぽんぽんと私の頭を撫でて兄様も大好きだよって伝えてくれた。

「さ、帰ろうか」

「はい。あ、エル兄様、この湖の事はどうしましょう。普通の人は辿り着けないからみんなに話しても大丈夫ってルアと精霊たちは言ってくれましたけど、報告は必要ですよね」

「そうだね、でもこの湖まで来られるのは僕とフィルだけだからね。それに、城への報告義務についても城にはよからぬ事を企む人もいるから……」

ま、父さんに話しとけば後はどうにかするでしょとエル兄様は言って、私を抱きあげた。

それから森を抜けて、家まで連れていってくれる。

森から家の庭に抜けると、タイミングがバッチリだったようで、森の入り口が閉じていく。

お母様の魔法によって繋げられた森だ。また明日にならないと森の入り口は開かない。

兄様にありがとうございますと言って、腕から降りる。

するとディーが焦ったように近づいてきた。

「ルティっ！」

「わっ？」

ぐっと思い切りディーの胸に包まれる。

ちょっと苦しい。

「で、ディー？　どうしたの？」

「っ、そろそろ森の入り口が閉まる時間だって聞いたから、森に迎えに行ったら……中にルティの気配はあるのに見つからなくて……焦ったよ、何かあったんじゃないかって」

「ありゃ、ごめんね？　大丈夫だよ。心配してくれてありがとう」

「当たり前だよ、大切だもん」

おぉ、きゅ、急なデレはちょっと耐性ないから恥ずかしいかも。

「ふふ、顔真っ赤」

「……いじわる」

「本当の事だから」

「もう……」

なんか、照れる。でも嬉しい。

「迎えに来てくれてありがとう」

そういえばちゃんと行けなかったってしょんぼりするディー。

聖水の湖にいたからしょうがないんだけどね。導かれた者しか辿り着けないって言ってたし。そもそも精霊魔法を使わない獣人にとって精霊というのは自然そのもの。

私たちは自然と思いながらも隣人、相棒、友達、そういうふうに感じちゃうけど本来最も遠い存在なんだよね。

ちゃんと理解しなきゃ。精霊たちを雑に扱って滅んだ国もあるって言われてるしね。

『また遊ぼうね！』

『楽しかったー！』

「うん！　またね！」

森に向かって手を振ると森の精霊たちは奥に消えていく。うちにいる子たちもふらっと消えていった。

「楽しかった？」

「うん！」

「そっか。良かったね」

「今度はディーも一緒に遊ぼうね」

「僕も？　……できるかなぁ。ルティみたいに懐かれてないんだけど」

別に嫌われてる訳じゃないからきっと大丈夫だと思うけど。今度会う時にディーも一緒に遊べるか聞いとこう。私の番《つがい》だって説明したら多分いける気がする。

「大丈夫！　エル兄様も遊びましょうね！」

「ふふ、楽しみにしてるよ」

兄様の精霊さんも誘って遊ぼう。

きっと楽しいだろうな。うん。楽しみだ。でもまずは問題を片付けなきゃね。

第四章　決戦

「フィル、あーん」

「あー、むぐ、む、おいひいでふ」

その日はいつもと同じように始まった。

今日の朝食のフルーツはパイナップル。冷やしパイン、美味なり。

「フォルトゥナから届いたんだよ」

「ルナのお家？」

「うん。ルナちゃんから手紙も来てたから後で渡すね」

「わぁ！　楽しみです！」

ほわほわといつも通りの朝食の時間。デザートのフルーツをリーベ兄様があーんしてくれてエル兄様がお手紙のことを教えてくれる。ジュール兄様はまだ頭がコックリコックリと揺れ動いている。

眠たいらしい。

えっと、これからプレザントリー家の人が来るんだよね？

唯一まじめに動き回っているゲイルによれば、今向かってるんでしょ？

なんでいつも通りなの？　むしろいつもよりみんな楽しそうなんだけど！

「カイン、見て。フィルが可愛いわ」

「えぇ、困惑した表情も素晴らしい。まさしく天使」

「フィルは……天使……」

なんか聞こえる。

半分眠っていたジュール兄様が最後しれっと天使を肯定している。

あわあわしていると、エル兄様がプレザントリー家の悪事の証拠は揃えて国王陛下に提出済みだと教えてくれた。

それってつまりもう伯爵家は終わりだと決まっているのだ。

なんか、一人でそわそわしてバカみたいじゃん。

というか、仕事早すぎ。もう、いいよ、私ものんびりしよう。ルナからの手紙でも読んでいよう。

手紙を読み終わりぼーっとする。張り切ってしまって朝が早かったのだ。

お兄様たちがかわるがわる頭をなでてくれる。そろそろ本気で禿《は》げるんじゃないかな。

ディーとシオン様は二人でのんびり過ごしている。――多分少し気が立っているだろうから影響が出ないように二人にしている。

だからディーたちのところに行く訳にはいかない。お部屋で大人しくしているとコンコンとノックしてアルバが入ってきた。

本日も素晴らしい姿勢、さすが執事長。

「カイン様。プレザントリー家の皆様が到着なさったようです」

「では、お前たちはシオンとディライトの部屋へ。アイシャは私と共に」

「えぇ」

両親やお兄様たちはシオン様とディーを呼び捨てにするようになった。これは家族として認めた証だ。シオン様もお兄様たちや私には敬語抜きで話してくれるようになった。

私も今はシオン様のことをシオン兄様って呼んでいる。私を妹みたいに可愛がってくれるからとっても仲良しだ。

「それじゃフィル。部屋で鑑賞会といこうか」

「はーい」

部屋に設置された魔道具でお父様たちを盗み見る。

――いよいよ、決戦が始まる。といっても勝負は既についてるんだけどね。

魔道具を通してお父様たちを見る。

プレザントリー家の人たちはふてぶてしい態度でお父様とお母様の前に立っていた。

たとえうちが本当に悪かったとしても貴族ならもう少し丁寧な態度を取るべきだ。伯爵家の人間が公爵家の人間に取る態度じゃない。

お母様たちを悪と決めつけたような、キンキンした声でプレザントリー家の夫人が騒ぎ立てる。

『息子を返して頂きたいっ！　ブリードリヒ公爵ともあろうお方が誘拐など嘆かわしいことです！』

『誘拐、ねぇ』

『今なら我が家も正式な謝罪と慰謝料で目をつぶりますわ！　さぁ！　息子をお返しください！』

随分と上からだな。たとえ、本当に誘拐していたとしてもこんな態度をとっていいわけじゃない。

『確かに我が家にはプレザントリー家の子息お二人がいらっしゃいますが、一人は保護のため、もう一人は訪問という形です』

『勝手に屋敷から連れ出したくせに何を！』

『ですから、保護、と申しております』

お父様と伯爵が言い合っているとプレザントリー伯爵の長子、リオンが会話に入ってくる。

弟を返せという彼に対してお父様は首を振った。

いよいよ埒《らち》があかないと判断したのか伯爵が騎士を呼ぶ。

連れてきた騎士は第七騎士団。佇《たたず》まいも騎士というよりはゴロツキに近い男たちが入ってくる。

それでもお父様たちは顔色一つ変えない。

「笑えるよなー。呼んだ騎士が使えないとか」

リーベ兄様が目を細めて笑う。軽い口調に反して瞳は獰猛に輝いている。

第七騎士団、それはとても有名な騎士団だ。あ、もちろん悪い意味でね。

騎士の位《くらい》を金で買った人たちばかりなのだ。爵位を継げずスペアにもなれない三男や四男の寄せ集め。爵位を継げない、けれども平民ではない中途半端な存在の男性が入れられる騎士団だ。

そこへの入団を不名誉に思い、それを見返す為にのし上がる人もいるし、やる気をなくしたり、親の地位にあぐらをかいて傍若無人に振る舞う人もいたりそれぞれだ。

今回来ているのは後者に分類される人たちだろう。プレザントリー家が金で彼らの武力を借りることにしたのだろう。

勿体ないなぁ。貴族として自由に過ごせるのだからやりたいことをすればいいのに。お金はあって時間もある。どうして諦めるんだろうか。

「伯爵焦ってんなー」

のんきな声で言うリーベ兄様にエル兄様がにっこりと笑った。

「本来なら今、獣人の奴隷のオークションに行く予定だったたから、焦ってるんでしょ。さて、シオン、ディライト」

エル兄様の声を受けて、シオン兄様とディーが立ち上がる。

「いけるよ」

「いけます」

んふふ、敬語なしで話すっていいなぁ。

ほんとの家族みたい。私はその様子をみてニヤニヤが止まらないよ。

「可愛い顔してるとこ悪いけどフィルも行くんだよ」

「ぁい」

ニヤニヤ見られてたよ、恥ずかしい……

「さて、このドアを開けた瞬間から君たちの人生は変わる。今ならまだ引き返せるよ、家族の断罪を自分たちでしなくて済む。まぁもう没落は決定事項だけど」

「フリードリヒ家には忠誠を誓ったし今更だよ。それに、僕たちの家族はフリードリヒ家のみんなだから」

エル兄様がシオン兄様とディーの顔をじっと見つめて問う。二人は頷いて一歩踏み出した。

ドアの向こうの家族とお別れするために。そろそろ終わりにしよう。

二人が苦しむのは今日で終わり。私の家族を傷つけるなら私は全力で抵抗する。

ディーを取り囲む闇が少しでも晴れるよう、お守りのように聖水の入った木の実を握りしめ、私もお父様たちの所へ向かった。

「父さん」

「おや、リーベ」

「第七騎士団が来ておりますが、何の用があって来たか心当たりは？」

「さぁ？」

部屋に入りリーベ兄様がわざと大仰に尋ねる。お父様はとぼけ顔だ。

なんで来たかなんて分かったうえでの茶番劇だ。

伯爵家の人たちは急に現れた私たち兄妹に怪訝な顔をする。

同時に私たちの中にシオン兄様とディーの姿を見つけ、驚きを隠せなかったようだ。

そりゃそうだろうね、特にシオン兄様はこの間まで歩くことすらままならなかったんだから。

「ああ、シオン……大丈夫だったの？　怖かったでしょう。突然こんなところに連れてこられて」

夫人はいかにも心配したような顔でシオン兄様に声をかけている。だけどシオン兄様の症状があそこまで酷くなったのはあなたたちのせいだからね？　確かに魔力供給不全は治らない病だとされているけれど、進行を遅らせたり症状を軽くしたりすることはできる。

それをしなかったのはこの人たち。というか、ディーは無視？

夫人がディーのことを嫌ってるのは知ってたけど、ここまであからさまだと私も我慢できなくなりそうだ。

シオン兄様も同じように思ったようだ。

きゅっと目を細めて、プレザントリー夫人に向き直った。

「公爵家の方のおかげでここまで回復できたんだよ」

「え？」

「シオン！　大丈夫だ！　脅されてそういうことを言っているんだろう？　父さんたちがちゃんと助けてやるから安心しなさい」

助ける……ねぇ。

「お前たち！　公爵を捕らえろ！」

「はっ」

伯爵が第七騎士団に命令する。国王陛下の令状もなく、公爵家の人間を捕らえられると思っているのがそもそもおかしい。……まあ、そんな知識もないような人間の集まりなのだろうけど。

第七騎士団の騎士たちが動く。でも全くお父様を捕らえることはできない。

お父様に向かっていった人たちはみんな呆気なく倒された。

お父様の体術綺麗だな、無駄な動きがない。

向かってくる相手はちゃんと装備をつけているから、何も持ってないお父様にやられるはずないのにコロコロと床を転がされている。

あーあ、こんなに汚して……アルバに怒られるよ。

「おや、この程度ですか」

「なっ！　お前たち何をしている!?　相手は丸腰だぞ！」

冷たい視線を送るお父様に、がなり立てるプレザントリー伯爵。

どちらが優位かなど分かり切っている。

一応は父親である伯爵の醜態を見ていられなくなったのか、シオン兄様が二人の間に割り込んだ。

「やめなよ父さん。僕は本当に公爵家の方に治してもらったんだ。僕の病は魔力供給不全。治るはずがないと言われた病気を治してくれたのはこの人たちだ」

「やめろ！　嘘をつくな！　お前が魔力供給不全なんてっ」

伯爵がオロオロとした声を上げる。彼と縁のある貴族の大半は獣人を差別している。魔力供給不全は他種族との間の子供に起こる病気だから、自分や先祖が獣人と交わったことを知られるのは都合が悪い。

特にプレザントリー家には獣人への差別を謳《うた》うことで親しくできている他家がある。その中には大きい力を持つ人たちもいるから、他種族との関係なんてバレる訳にはいかないはずだ。

追い討ちをかけるようにシオン兄様は、プレザントリー家の長男に向き直る。

「ふふ、ねぇ兄さん。知ってた？　僕たちにも獣人の血が流れてるんだよ」

「は……？」

「シオン、あなた何を言ってるの？　そんな訳ないじゃない。そこの汚い庶子と違ってあなたたちは私と旦那様との子なのよ？　汚らわしい獣人の血なんて流れてるはずないじゃない」

目を見開いた長男とプレザントリー家の夫人にシオン兄様は酷薄な笑みを浮かべた。

「可哀想だね母さん。何も知らずに自分が最も嫌う獣人の血が流れる子を産まされたなんて」

汚らわしい、か。

獣人のどこが汚らわしいんだか。それに、ディーをバカにしたけどプレザントリー家はディーとシオン兄様に守られて生きてきたんだ。

テラさんが亡《な》くなって、伯爵家の結界を維持してきたのはディーとシオン兄様なんだから。

怒りと共鳴するように私の魔力が大きく動く。

大丈夫、魔力の暴走はさせない。大切な人たちまで巻き込んじゃうから。それに、お父様たちの邪魔なんかできないから。

「旦那様？　嘘よね？」

「……」

「ねぇ、どうして黙ってるの？　ふふ、ありえないわ、私が獣人の子を産んだなんて、そんなのありえない。ねぇ、嘘よね？　そうでしょ……？」

真実を求める夫人に対して伯爵は何も答えない。

何も言わず、ひたすら何かに耐えているような表情だ。

そういえば夫人の実家は生粋《きっすい》の反獣人派の貴族だっけ。生まれた時から獣人を汚れたもの、人間のなり損ないと見なすように育てられてきたはず。そして自分は貴族という特別な存在として甘やかされて育った。そんな自分が、獣人の血をわずかにでも引く子供を産んだという事実は到底受け入れられないよね。

プレザントリー家の長男も、揺さぶるように伯爵の肩に手をかけた。

「親父、嘘だよな？」

「っ、事実だ。だが、だからなんだ！　この国は獣人差別を罰している。まだ獣人への差別が多い中、異種族との子を生《な》したうちは褒《ほ》められこそすれ、とやかく言われる筋合いはない！　それにフリードリヒ家が息子を誘拐したことは事実だろう！」

「はぁ……先程から申しておりますよ、誘拐ではなく保護だとね」

やれやれと大袈裟に首を振るお父様。それすら伯爵の逆鱗《げきりん》に触れるようで、息子を早く返せとがなりたてている。

ふと、外に沢山の魔力反応があることに気が付いた。

目の前で転がされている第七騎士団の弱く、ばらばらの魔力の気配とは違い、整然として眩《まばゆ》い魔力。段々と家に近づいてきているこの魔力は多分第一騎士団のものだ。

伯爵が第七騎士団を連れてくるならば、とお父様が第一騎士団を呼んでいたのだ。

第一騎士団は、寄せ集めの第七騎士団と違う、高い能力の持ち主の集まりだ。国軍の中には入れなかったものの、優秀な力を見出されたディーやシオン兄様のように、実力がありながら虐《しいた》げられた貴族の庶子などを選《え》りすぐった実力派集団。

「お父様」

「フィル。どうしました？」

「第一騎士団の方が、到着なさったみたいです」

そうですかとお父様は小さく頷いた。もちろん、五歳児の私が感じ取れるのだから、お父様には言わなくても伝わっていただろう。この場合、第一騎士団の存在を知っていてほしかったのはプレザントリー伯爵の方だ。

やはり、私の言葉を聞いて伯爵は表情を変えた。

「第一騎士団だと？」

「ええ、シオンを保護した際に、プレザントリー伯爵家について色々調べたところ、どうも私どもの手に負えないようで……国王陛下の許可のもと第一騎士団を呼ばせて頂きました」

ニッコリと微笑んで、顔面蒼白の伯爵を見つめるお父様。

「――ハッタリだろう！」

「ハッタリかどうかはすぐに分かりますよ」

余裕な態度を崩さないお父様に付け加えるように、今度はお母様がプレザントリー夫人にトドメを刺しに行く。

「奥様、そちらのお宅には変わったペットがいるようですね？　しかも本当なら今日新しい子をもらいにいく予定だったと伺いました。ふふ、ぜひ見てみたいわ。とても可愛らしいとこの間のお茶会で自慢なさっていましたものね？」

お母様の言葉にビクッと反応し、夫人はガタガタと震え出した。

『ペット』とは国法で飼育を許されていない希少な生き物たちのことだ。

それをプレザントリー家が持つ獣人奴隷と交換で手に入れていたみたい。獣人奴隷にせよ、希少な生物の飼育にせよ犯罪だ。反逆罪と言われる可能性すらある。

「っ、なんのことかしら？　他の方と勘違いなさってるのでは」

蒼ざめ、下を向いた夫人に対し、お母様はいい笑顔を崩さない。

「嫌だわ……私ったら勘違いしちゃったみたい。カイン、恥ずかしいわ」

「おや、恥ずかしがるアイシャも素敵ですよ？」

「もう」

ちょっと！　私だって我慢してるんだからお父様たちイチャイチャ止めてよ！

のんきな姿にちょっとむっとしていたら、ノックの音が響いた。

そして、白金の髪に翠《みどり》の瞳を持つ美丈夫が入ってくる。めっちゃイケメン……

「まぁ！　リタ！」

「アイシャ様。お久しぶりです」

お母様と挨拶を交わしているけどお知り合い？

服装的に騎士の方だと思ったけど、声を聞くとこの人女性だ……女騎士、かっこいいな。

にしても、誰だろう。騎士団なら国軍にいるリーベ兄様が詳しいかと思って聞いてみたらなんとお母様が王女だった頃の護衛だという。

王族の直属の護衛だなんて、すごく強い人なんだ。

よくよく話を聞けばなんと第一騎士団の団長をしているとか、しかも個人の能力でいえば国軍にも劣らないと。

「本物の――第一騎士団……」

伯爵が声を上げる。

やっぱりプレザントリー伯爵は第七騎士団しか呼ぶことができなかったんだろう。

フリードリヒ家の悪事の証拠を集められなかったのはもちろんのこと、うちが国王陛下にプレザントリー家の悪事の証拠を渡したことを知らないまっとうな騎士団員はそうそう居ないはずだから。

リタさんはお母様への挨拶を終え、プレザントリー伯爵に向き直った。腰に携えていた巻物の紐をしゅるりと外す。

「陛下より直々に、プレザントリー伯爵並びに伯爵夫人、長男リオンを捕らえるよう命じられて、参りました」

「なっ」

「どういうことだよ！　罪はフリードリヒ家にあるはずだ！」

「ですから、シオンとディーは我が家で保護しただけだと。二人の保護については届けを出した正式なものです」

お父様の冷たい声が響く。リタさんの後ろには整然と並んだ騎士団の方々がいる。

もう逃げられないことが分かったのだろう。まだ騒いでいるプレザントリー家の長男や夫人とは違い、伯爵は俯《うつむ》いている。

隣でじっと事の成り行きを見ているディーの手を握る。ディーはこっちを向かなかったけど握り返してくれた。……もうすぐだよ。もうすぐ終わる。

どれだけ酷い目にあってきても、二人は優しいからきっと寂しい気持ちになるんだろう。

騒ぐ二人を無視して、リタさんがプレザントリー家の罪状をつらつらと読み上げる。

ディーとシオン兄様への虐待。獣人に限らず、人間や希少生物の売買。

伯爵にいたっては兄の殺害の証拠も見つかったらしい。これだけ揃えば牢送りは確定だ。

婦人は修道院へ、長男は鉱山労働へ。伯爵は……多分、よくて終身刑。悪ければ……死刑も。先程から伯爵の顔色はとても悪くなっている。

彼は目を泳がせた末に、ディーと私の繋がれた手に視線を移した。

それが何を意味しているのか察したのだろう。伯爵はギッとディーを睨んだ。

「汚らわしいお前一人が幸せになるのかっ!!　そんなことは、許されない!!」

その叫びと同時に、ブワッと伯爵の魔力が膨れ上がる。

まさか魔力暴走!?

暴走した魔力が、伯爵を中心に渦を巻く。

これだけの暴走、伯爵自身も危ないはずだ。

私たち諸共死ぬ気!?

「ルティっ！」

ディーが私を守るように覆い被さる。

「アイシャ！　二人を！」

「分かってるわ！」

お父様とお母様の声が聞こえる。でも両親と私の間に割り込むように伯爵が入って、ディーの胸倉を掴み上げた。

私には痛みはない。その代わり、ディーが顔を歪《ゆが》めるのが見えた。

このままじゃディーがっ！　私にはどうしようもないの、本当に？

何もできないままでいいの？

大切な人に守られるだけの自分でいいの？　そんなの、そんなのっ!!

「そんなの、よくない！」

胸元をつかまれた状態で私を後ろにかばうディー。私はいてもたってもいられなくなりディーの背から飛び出し、伯爵に対峙する。

「ハ、ハハハハハハ!! もうすべて終わりだ！」

けたたましい笑い声を上げる伯爵の周りには魔力が渦を巻き、だんだんと収縮している。このままではもう少しで破裂してしまうだろう。

神様からもらったチート……ここで使わなきゃいつ使うの！

イメージしろ、私ならできるはず！

せめて魔力が向かってくる方向をずらすことができれば、直撃は免《まぬが》れる。それに私はひとりじゃない。

「ルア、精霊たち……手伝って！」

『うむ』

『いいよー！』

『やろーやろー！』

私の声に応じて、精霊たちとルアが現れる。

「私の魔力を自由に持って行って！」

ズンッと体が重くなる。

一度に大量に魔力を持っていかれたことで、幼い体に負荷がかかったんだろう。

でも、きついなんて言ってられない。

私の魔力を渡しただけじゃこの子たちは動けない。どうしたいのか、どんなふうにすればディーや家族を守れるのか、しっかりとイメージを伝えなきゃ。

結界？　それなら壁のようなもの？　いや壁じゃだめだ、ぶつかった衝撃が大きすぎるし私のイメージでは伯爵の暴走した魔力に耐えきれない！　それなら吸収はどうだろうか、……ううん、私の身体で吸収したら私の体がもたない。

みんなを守るために一番いいイメージ……もう考えてる時間がない！

あぁもうなるようになれっ。

考えるのを放棄し、イメージも何もなく、伯爵の暴走した魔力と相対する。

魔力量では負けてないはずなのに、伯爵の魔力は私の魔力を押し続けている。

なんで？　やっぱりまだ何も分からない状態じゃだめなの？

このままじゃみんなをっ、ディーを守れないっ、そんなの嫌！

ググッと力を入れて踏ん張る。ありったけの魔力を解放する。魔力暴走を起こしてでも止めてみせるんだ。そのときふと思い出す。聖水があれば上手に魔力が使える!!　ずっと握りしめていた聖水入りの木の実を飲み込む。さらに私の魔力が増大するのが分かる。

体のいろんなところがキシキシと音を立て始めているけど、もう止まれない。

「ルティ！　やめて！」

「っ、だめ！」

「爆発するわ！　カイン！」

私と伯爵の魔力が、ぶつかり合いに耐えられなくなり段々と膨らんでいく。

爆発する！　と思った瞬間、大きな音が響いた。

ぎゅっと体を固くするけど恐れていた痛みはない。

そのかわり、私の体はもふもふしたものに包まれていた。

これ、ディーの尻尾だ……そして私たちを覆うように透明の壁が張ってある。

この魔力質はお母様のもの――結局守られてしまったみたいだ。

はっとして伯爵の方をみる。

そこにはお父様が張ったであろう結界に包まれて、伯爵が座り込んでいた。

自爆も失敗したみたい。

「――勝手に終わらせませんよ」

「くそっ、くそおおおお!!」

お父様の指示で第一騎士団が動き出す。伯爵家の人たちは彼らに捕らえられ、連れていかれた。

終わった……の？

あまりの呆気なさに呆然としていると、エル兄様が私のもとにやってきてしゃがんだ。

「……まったく、無茶するんだから」

別の誰かがぽんぽんと頭に手を乗せた。

顔を上げるとちょっと渋い顔をしたジュール兄様がいる。

「ジュール、兄様？」

「……おつかれ……さま」

「私は、なにも……というか」

むしろ、今思うと私の行動はみんなを邪魔していた。

私が余計なことをしなければこんな大事にはならなかったはず、だってお父様もお母様もなんならお兄様たちだって魔法は得意。あれくらいの攻撃難なく止められたはずだ。

だんだん恥ずかしくなってきて、俯《うつむ》く。

しかしそんな私の背中にまた温かい手が触れた。

「あら、ちゃんと頑張ってたじゃない」

「そうです。大切な物を守るために自分から動いていたでしょう。その気持ちが大事なんですよ。失敗したっていいんです。私たちがついてるんですから」

「お母様、お父様……」

私を見る目が温くてほっとする。今の私は何でもかんでもすべてを一人でできなくてもいい。お父様、お母様、お兄様と精霊たち、ルアにディー。たくさんの人たちが助けてくれる。

それが嬉しくて、悔しい。

矛盾した気持ちのままお母様の手を取った。

「ふふ、さて、これでディーとシオンは改めて私たちの家族……お祝いしましょ！　あまり時間もかからなかったし準備を始めましょう！」

お母様の言葉でリリアが動き出した。兄様たちも汚れた床を見ながら、わいわい話している。

私はどうしようかな。

なんとなく、なんとなく今は一人になりたい。やっぱり私が邪魔してしまった気がするから。

テーブルに飾るお花を取りに行ってきますと伝え、一人で温室に向かう。

ディーがじっと心配そうに見てきたけど、ニッコリ微笑んで待っててとお願いした。

温室に着くと、色とりどりの花が迎えてくれた。

今まで私の周りを飛んでいた精霊たちも、私の魔力でお腹いっぱいになったらしく、それぞれ好きなところに眠りに行った。

ルアも疲れただろうと思って、森に帰ることを勧めると、ルアは私から離れるのを嫌がって座った。

『フィエルテ』

「ん？」

『少し休んではどうだ』

「休むも何も、私今日何もしてないよ」

『……自分の体のことなのに分からんのか』

「え？」

体って……別に少しだるいだけなんだけど。

でもまぁ大量の魔力を一気に使ったから、ルアが言うなら休んだ方がいいかな。

花をお母様のところまで持っていったら、部屋に戻って夜までゆっくりするとと言うとそれがいいとルアに顔を舐められた。

その温かさと、一人になって何か緊張が解けたのかもしれない。

私は今まで誰にも言っていなかったことをルアに聞いた。

「ルアは、私の全部を知ってるよね」

『フィルが他の世界からやってきたことか』

「うん」

『別に普通だ。転生や招かれた者。そういうものたちは少ないがいないわけじゃないからな。我は森から出ぬから、実際出会ったことがあるのはフィエルテだけだが』

「そっか」

花を摘《つ》み終え、温室を出ようとすると急な眠気に襲われる。

あれ……なんだか、力が抜けていく。すごく、眠い……

『フィル?』

「る、あ……なんだか、眠くて……」

『フィル、……フィエルテ!』

段々と意識が遠のいていく。

ルアが焦るように私の名前を呼んでるけど大丈夫だよ。眠いだけだから……

◆

身体が重い。それに熱い。私、どうしたんだっけ。プレザントリー家との決着がついたあと、そのお祝いをすることになった。それから少し一人になりたかったからお花を摘《つ》みに温室にいって――

がばっと身を起こすと、私の部屋だった。

私のベッドの側に、ルアが座っている。ルアは起き上がった私を見て、ひょいとベッドに飛び乗った。

『起きたか』

「ルア、私」

一体何があったのか聞きたくて、焦った声が出た。ルアはそんな中途半端な言葉でも理解してくれたようだ。

『そなたは熱が出て倒れた。慣れていない身体で魔力を急に、しかも大量に使ったからな』

「そっか、みんなは……？」

『もう夜だ。みな部屋で休んでいる。祝いはフィエルテが回復してからだと言っていた』

夜……そうか、私結構寝てたんだ。

お昼ぐらいに決着ついて、今起きたんだもんね。お祝いのはずだったのに、申し訳ないことしたな。

「そっか……」

なんとなくそれしか言えなくて、俯《うつむ》いているとルアが私の頬に顔を擦り寄せた。

『フィエルテ』

「ん？」

『……泣け』

「命令？」

まさか召喚獣に泣けと命令される日が来るとは思わなかった。

思わずおどけるような口調で返したけど、ルアの言葉は変わらなかった。

『フィエルテ』

「なーに」

『泣いていい。ここには我しかおらん』

「な、にいって……」

横になってる私の横にトンッと乗ってきたルア。いつの間にか小さな姿だ。相変わらずぬいぐるみみたいで可愛いな。それにしても泣けだなんて酷い召喚獣だ。泣くわけない。泣く理由なんて何もなかった。

そう、泣くなんて、そんなこと……

頬をぺろっと舐められる。

「っ、あれ、おかしいな……ふふ、なんで、ふっ、うぅ」

溢れ出した涙は止められなかった。

「っ、私、ダメダメなのっ」

本当は私がディーを守りたかった。だけど私はディーを守るどころか危険に晒《さら》してしまった。伯爵が攻撃した時、私は動いちゃいけなかったのに。

動かず、じっとしていて守られていなきゃいけなかった。

何もできない私が下手に動けば周りに迷惑をかけるとわかっていたはずなのに。実際今日は、家族みんなに迷惑をかけた。勝手に行動した上に余計な被害を増やすところだったんだ。そして最後には守りたかった相手であるディーに守られることになった。

ただただ自分が許せなかった。

できると思い込んで無茶をした。下手をすればみんな危なかった。

「私、こわいよっ、いつか間違って取り返しのつかないことをしそうなのっ」

大きすぎる魔力。

本当に私は使いこなせるようになるの？

嫌だ、こわい、チートがあっても使いこなせなきゃ意味がないっ。

『フィエルテ。恐れるな。恐れれば魔力に飲まれるぞ』

「っ、やだ……！」

ぶわっと身体から魔力が溢れていくのが分かる。

無尽蔵に湧き出る魔力はお昼にあれだけ精霊たちに食べられたのにもう身体から溢れるくらい元に戻ってしまった。ぞわぞわと身体を駆け上る不快感、こわい、気持ち悪い、熱い、重い、ふわふわする、寒い、いろんな感じがして吐きそうだ。もう、やだ、誰か……助けて。

お願い、誰か……ディー。

「ルティっ!!」

「ディー……？」

バンッと扉の開く音とともに、ディーが部屋に入ってくるのが見えた。

視界は涙でぼやけているけど分かる。

私の好きな声、好きな匂い、好きな魔力の気配。

ディーだ、ディーが来てくれた。

思わず手を伸ばすと、ベッドから抱き上げられ、ぎゅううと力強く抱きしめられる。

その間も、自分の中の魔力がぐるぐると回って爆発しそうで、抱きしめ返したいのを必死に堪《こら》えて私はディーの胸を押した。

「ディー、だめ、怪我しちゃうから……」

「いいから、大丈夫。僕はルティの側にいるから、落ち着いて。深呼吸して」

その言葉と一緒に、手を握ってくれた。

私の身体から溢れる魔力は、私の心を映すように熱を纏《まと》う。

きっと私を抱きしめているディーも熱いはずなのに、ディーは私を離さないでぎゅっとしてくれる。

ディーに言われた通りに深呼吸を繰り返す。

「ん、すぅ、はぁ――」

私を包み込むディーの匂いが私の心を落ち着かせてくれる。

小さいままのルアも私の上に飛び乗り、擦り寄ってくる。

何回か深呼吸を繰り返していると、段々と落ち着いてきた。

不思議だね、さっきまで怖くて暴走してしまいそうだった魔力がディーの魔力と馴染んで怖くなくなっていく。

私とディーが二人で一つのような感覚がして安心する。

……もう、大丈夫そうだ。

大丈夫、を伝えるためにそっと繋いでいた手に力を入れる。するとディーが優しく微笑んで私と目を合わせた。

「落ち着いた……？」

「ん」

「そっか」

そっとベッドに降ろされて布団をかけられる。

なんとなく繋いだ手を離したくなくて、ぎゅっと手を握ると、ディーは手を繋いだままベッドに座った。

「……ごめんなさい」

謝ると、ディーはきょとんとした顔になった。

「なんで謝るの？」

「だって、もう眠ってたでしょ？　起こしちゃったし、また、迷惑かけた。お昼にも危険な目にあわせたし……なんだかディーにはダメダメな姿ばっかり見せてる」

本当、恥ずかしい。

「ふふ」

しゅんと項垂《うなだ》れると、ディーはくすくすと笑い出した。

なんで？　私今変なこと言ったかな？

ぎゅっと繋いでる手とは逆の手で頭を撫でられる。

「ディー……？」

「少し、熱いね」

「あ、多分、熱がある、から？」

「……そっか、僕のせいで無理させちゃったね」

「ディーのせいじゃ」

「ううん。……僕を守ろうとして無理をしたでしょう？　ありがとう。ごめんね」

謝らないでほしい。

結局守ろうとして、私はディーに守られてしまったわけだし。私は今回、本当に何もしてないから。迷惑をかけただけだ。

そう思って首を振り続けると、ディーは困ったような顔で首を傾けた。

「じゃあ少し、話を聞いてくれる？」

「私で良ければ……」

「ありがとう。……今日ね、僕は少しプレザントリー伯爵……父に期待したんだ。あれでも父親だし、少しは僕のことやシオン兄さんの事を気にしてくれていたんじゃないかって」

ディーは言う。

数日フリードリヒ家のカイン様やアイシャ様、エル様たちと家族として過ごして……初めて家族というものに触れたように感じた。フリードリヒ家の使用人たちにも、それぞれの家族の話を聞いたのだという。

「そこではね、家族というのはどんなに喧嘩してもみんな最後には仲直りをすると聞いたんだ。だから、僕らの家はもう決別は免《まぬが》れないけど、最後くらいまともな親子になれるんじゃないかって期待した。……父だけじゃない、母やもう一人の兄さんとも和解して終わることができるんじゃないかって。でも無理だった」

ディーはそう言って、そっと自分の胸、心臓の辺りに手を当てた。

「少し、少しだけここが痛かった」

泣きそうな顔。悲しいだけではなくて、期待してしまった自分への悔しさや自嘲がそこに溢れている。

「最初から家族じゃなかったのに、期待、しちゃって……結局はまぁ、お昼の通りなんだけど」

「ディー」

なんといえばいいのか分からなくて言葉が出てこない。

そんな私の頭を撫でて、ディーが言った。

「いいんだ。ルティに聞いてほしかっただけ。それにね、思ったんだ。僕は将来ルティと家族になる……なりたい。その時僕は自分の子供とちゃんと家族になるって。立派じゃなくていい、仲が悪くてもいい、そんな家族を作りたいって思ったんだ。そう思えたのはルティと出会って、ルティが僕を受け入れてくれたからなんだよ」

家族をつくる。きっとそれはずっとずっと先の話。私はまだ五歳だから、この国で結婚が許されるのは十五歳。後十年は待ってもらうことになる。でも。

「私も、ディーと家族を作りたい……」

「うん」

そう言うと柔らかく微笑んでくれたディーに、私も微笑み返す。

「……私の話も聞いてくれる？」

「当たり前だよ」

きっとディーは私が話しやすいように自分から話してくれたんだろう。それなら私も話さなきゃ。

「前、言ったでしょ？　私は弱いって。……今日改めて思ったの。私は弱い。すごくすごく、弱いんだ」

ディーは黙ったまま聞いてくれる。

「今日、私が動かなければもっと簡単に決着はついたはず。それに、結果的に何も起こらなかったからよかったものの、私はディーを……ううん、ディーだけじゃない他の大切な人たちも危険に晒《さら》してしまった」

言葉にすると、事実がズシッと重くのしかかる。

「……本当は私が守りたかった。大切な人をこの手で守りたかった。でも、できなかった」

今も思い出すと体が震える。悔しくて、悲しい。

ぎゅっと手を握りしめると、ディーが私の手を上から優しく包んだ。

「僕はね、ルティ。君が時々本当は大人なんじゃないかって勘違いしそうになる」

「……え？」

中身が成人しているってバレた？

……確かにいくら大人びていても、五歳児はこんなこと思わないか。

それってどういうこと、って聞こうとしたら、ディーが続けた。

「でも、いいんだよ。ルティは僕たちを守らなくて」

「そ、そんな」

「今は僕に守られてて？」

「でもっ」

「今だけでいいんだ。ルティは頑張り屋さんで、才能だって溢れてる。いつか僕より強くなるだろう。だからせめてそれまで僕に守らせてほしい。君はいつか強くなって僕が、背中を預けられるようなパートナーになってくれるんでしょう？　それまでは僕にかっこつけさせてくれたら、嬉しい」

今……そっか、今か。

「私、焦ってたのかな」

早く強くなりたかった。今の弱い自分、何も守れない自分が嫌だった。

五歳だから何もしなくていいって言われるのがすごく嫌で、悔しかった。

けど、そうだ、実際には私はまだ五歳なんだよね。

五歳なんて、前世では小学生でもない。何もかもできないのが当たり前の年齢だ。

誰かに、何かに甘えたい年頃でもいいはずだ。

私は中身が大人だから焦っていたんだろう。

ディーの『甘えていい、守られてていい、今だけは守らせて』という言葉にはっとした。

それでいいんだ、私はまだ五歳で魔法も勉強したことがない。

できなくて当たり前、失敗して当たり前だもんね。

そっか。それなら。

「うん。今だけ、私が強くなるまで。それまで守ってくれる……？」

そう言うと、ディーはふわりと微笑んで私の手を持ち上げる。

「ディー？」

「誓います。ルティを守ること。いつか背中を預け合うパートナーになること」

それからちゅっと手の甲に唇を落として誓ってくれた。

少しくすぐったくて笑っちゃったけど、嬉しい。

「さ、もう寝よう？　熱、上がってきてるみたい」

「ん、少し……だるい」

いつもは言わないけど、甘えていいってちゃんと理解できたから。

「寂しいから……側にいてね」

そっとベッドに寝かされて、離れようとするディーの手をぎゅっと握った。

ディーは一瞬驚いたように目を見開いて、それから私の手を握り返した。

「ふふ、うん。側で見てるよ。だからおやすみ」

「ん、おやすみなさい。大好き」

「……僕も」

熱い身体とさっきから朦朧《もうろう》としてきた頭。

目を開けているのも限界だった私の体はすぐに眠りに落ちていった。

◆

沢山の視線を感じた気がしてふっと目が覚めた。

目の前には沢山の……何？　あ、精霊たちだ。でもなんで私のところへ？

「えと、おはよう？」

『起きたー！　大丈夫？』

『もう元気？』

『辛くない？』

挨拶をすると、目の前の沢山の精霊たちが次々に元気か大丈夫かと聞いてくる。

話を聞くと、なんと倒れたあの日から三日が経っていた。

その間私はずっと熱が引かず、しかも私の膨大すぎる魔力が邪魔をしてお母様の治癒魔法も効かなかったのだという。

大量かつ一気に魔力を使ったから元々体の弱かった私は身体が疲れて熱を出したということだった。

ずっと高熱が続いたせいでみんなに心配をかけちゃったみたいだ。

精霊たちにもう大丈夫だよって伝えると、精霊たちはクルクルと私の周りを回ってどこかへ飛んで行った。私が起きているか様子を見に来ただけみたい。

ずっと寝込んでたもんね。さて、とりあえずお母様たちにもう大丈夫って伝えたいんだけど、どうしようかな。多分勝手に動いたら怒られる。かといって待っててもなー。早くもう大丈夫って伝えたい。いっぱい心配かけちゃったし。

とりあえず、こういう時一番頼りになる存在を呼ぶ。

「ルア」

『目覚めたか』

しゅるりと私の影から白銀の狼が現れる。

「うん。心配かけてごめんね。お母様たちの所まで運んでくれる？」

『いや、そなたが目覚めたら呼ぶように言われているからな。あちらを呼んでこよう』

「そう？　ならお願い」

うちの家族がちゃんとルアに頼んでいたらしい。

さすがお父様たちは抜け目がない。というか、そもそもオルニスの誰かしらが部屋の周りで警護しているはずだから起きたのは即座に伝わっているかもしれない。

それでもとりあえずルアにお願いすると、すぐに私の影に潜っていった。

そうなるとすぐ誰か部屋までくるはず。

せめて体を起こしつつも、ベッドの上でのんびりしていれば足音と魔力の気配。徐々に聞こえてくる
それらは段々と大きくなって——

「……くる」

バンッ!!

大きな音をたてて私の部屋の扉が開いた。

家族全員が勢揃いしている。

その中でも、特に取り乱すことなく部屋に入ってくるのはやっぱりエル兄様。

さすがエル兄様。どんな時でも平常心だね。いつか国の宰相になる人だもん。当たり前か。あれ、でもうちのお父様は現役宰相だよね……家にいる時はいっつも慌ただしくて、騒がしい気がする。

今もおろおろしているし、ちょっと心配だ。

「フィル、おはよう。体はもう平気？」

「エル兄様。おはようございます。はい！　もう元気です！」

元気に手を挙げれば、そっかとニコニコして頭を撫でられた。

んー、安心感のある手と笑顔だ。

それから、すっとおでこに手を当てて来るのはお母様。お母様は治癒も治療もできるから、私たちが怪我や病気になったときは大抵お母様が診てくれる。

ぺたぺたと触診をしながら、私の魔力量の変化や質の変化を見ているようだ。少しの間じっとしていれば終わったらしくニッコリ微笑まれる。……相変わらずお綺麗です。

「もう大丈夫そうね。心配したのよ？　急に倒れたって聞いて。それから三日間も熱を出してたんだもの」

もう少しゆっくりしていましょうね、と言ってお母様が後ろに下がる、と同時にお父様が割り込んだ。

「フィル！　もうどこも辛くないですか!?　辛いときはちゃんと言葉にしてくださいね!?　お父様がなんとかしてみせましょう！」

そんな言葉と一緒に、ぎゅうっと抱きついてスリスリしてくる。

心配はありがたいけど、相変わらず感情が昂ってる時の抱っこは苦しいんだよ、お父様。

これ以上は無理、というタイミングでぺちぺちとお父様の腕を叩く。

「おとーさま、くるしいです」

「ほら父さん、フィルが窒息しちまうだろー？」

リーベ兄様がお父様を止めてくれて安心する。

ジュール兄様がじっと私を見つめたあと、一輪の花をくれた。

黄色で綺麗なお花だ。ジュール兄様の温室のお花かな？　うちには普通の温室とは別にジュール兄様の温室がある。小さな研究所みたいな建物と併設されているジュール兄様専用の建物。敷地もお金もあるって素晴らしいよ。

しかもうちの家族はお互いに甘いから。でもただ甘やかすだけじゃないからこうして立派に育っている。これはお父様とお母様の手腕だな。

「フィルちゃん。良くなった？」

わちゃわちゃと騒がしい我が家の中で最後に声をかけてくれたのはシオン兄様とディーだった。

「はい、もう元気ですよ！」

「そっか。ディライトと心配してたんだよ。良かったね」

「ふふ、ありがとうございます。ディーもありがとう」

「うん。でもルティ、無茶はしちゃダメだからね？」

「分かってるよ」

家族みんなに心配されるって申し訳ないけどすごく幸せだなぁ。この世界に来てから毎日思ってるかも。あの子たちも、ちゃんと向こうの世界で笑っているかな。会いたい、なんてできもしないことを考えてしまう。

「――――と思うんだけど……フィル？　聞いてる？」

「え？」

やば、聞いてなかった。

「やっぱりまだ具合悪い？　大丈夫？」

みんなが心配そうに私を見てるけど違うんだよ。

ただ前世の残してきた弟妹のことを考えてただけだから。

「大丈夫です！　ごめんなさい、ちょっと考え事してて……何の話ですか？」

「なら、いいんだけど。あのね、あの後結局お祝いできなかったでしょう？　だから改めてお祝いをしようかって」

あぁ、私が倒れちゃったせいで結局できなかったもんね。本当に申し訳ない。

それに今後はシオン兄様やディーは伯爵家の立て直し、お父様たちも今回の騒動で後回しにした仕事の処理があるから少しだけ忙しくなる。だからお祝いして頑張ろうってやった方がいいもんね。

「いいと思います！　いつやるんですか？」

「ふふ、実はね？　フィルが元気になったらすぐできるようにって準備は終わってるの。だから、明日しましょう」

準備がいい……

まぁ特に問題ないしいいけど。

「分かりました。それじゃ明日で」

「あ、フィルは今日部屋から出ちゃダメよ？」

「え？」

「熱は下がって元気になったとは言え今日一日は絶対安静。これは母親としてというより医者としての命令よ」

そんな、一日中部屋の中で過ごすなんて……暇すぎるよお母様。

せめて森の小屋に行きたい。

ダメかな？　森なら私の体調にもいいと思うんだけど、魔力の暴走のせいで倒れたわけだし。自然と触れ合えば魔力も落ち着くから。

そう思っていると、ルアがお母様に向かって声を上げた。

『フィエルテは森の方が良いのではないか？』

「ルア」

「うーん、でも今日は一人で森はダメよ。心配だもの。ルアがついていてもフィルの命令には逆らえないから」

『だが森の方が体調は良くなるぞ』

ナイスルア！　私の事をわかってる！

お母様が考えこむ。森にいれば私の体調は良くなるけど、一人で行かせるのが心配なんだろうな。

今日やっと回復したのに、またぶり返すと大変だもんね。

それに自分で言うのもなんだけど、何か気になる物があると私は止まらなくなっちゃうし。

すっごく悩んでるみたい。

するとエル兄様がすっと手を挙げた。

「それなら僕がついていくよ」

「エル。あなた、今日の予定は？」

「父さんの補佐は休みだし、学園も今日は特に行かなくても大丈夫だよ。今日は僕たちの学年は自由登校だからね。リーベも国軍に行くでしょ？」

「ん？　おう」

それなら、とお母様が頷いてくれた。

やった！　エル兄様さすが！

「それに、聖水の成分を調べたいからちょうどいいよ」

「聖水？」

「あれ？　言ってなかった？　うちの森、聖水の湖があるんだよ。フィルが見つけてくれたんだけど」

「は？」

「え？」

「はぁあああ!?」

お父様、お母様、リーベ兄様が声を出して固まる。

……エル兄様、言ってなかったんですね。

シオン兄様も驚いて、目を見開いたまま固まっている。

あ、ジュール兄様は通常運転だ。コテンと首を傾げる姿は可愛さが極まっている。

はー……と長く息を吐きだした後、お父様は額に手を当てた。

「フィルのあれはどこで手に入れたかと思っていましたが……一度、お話を聞きましょうか」


みんなで談話室に集まってテーブルを囲む。ちょっとした作戦会議をするように丸くなってちょっと笑っちゃいそう。

「さて、エル。説明してください」

「いいけど、父さんたち仕事いいの？」

「聖水の方が重要です。それに仕事なら二、三日遅れても問題はない」

エル兄様が聖水について話していく。

森の中に水の精霊王が加護を与えた聖水が湧き出る湖があること。ただそこには今のところ私とエル兄様しか入れないこと。聖水を持ち出す許可は精霊たちにもらっていること。一日に持ち出せる量も決まっている。それらを伝えるとお父様は頭を抱えた。

とりあえず、聖水についての報告はまだ必要ない。

うちの森は広いから未踏の地があることは分かってるし、それをほかの貴族も知っているから、いずれ見つかったことを伝えればいいだけだとお父様は言う。

問題は私とエル兄様しか入れないということだそうだ。

これに関しては、他の貴族も黙っていないだろうから。

そもそも聖水は万病の薬と言われている。呪いに効くし傷や熱、病気にも効果がある。

それさえあれば命の危険が相当減る。だから貴族は喉から手が出るほど欲しがる。でも聖水なんてそんな簡単に見つかるものじゃないし、見つかったとしてもすぐに汲《く》み取られてなくなってしまう。

だからすごく貴重なんだそうだ。それがうちの森にある。

しかも湖のある一帯に水の精霊王の加護がかけられているから、うちにある湖がなくならない限り延々と湧き出る。これだけでもほかの貴族たちは妬《ねた》むだろう。

それに私たち二人しか入れないならなおさらだ。貴重な聖水を独占していたことで国への忠義を疑う貴族も出てくるだろう。プレザントリー家もそうだったけど、有力な我が家にケチをつけたい家は多い。

話を聞いたお父様は思案顔だ。

「陛下にはきちんと報告するのは決定として、……周りのバカ貴族共をどうするかが問題ですね」

「うーん、そのままでもいいんじゃない？」

「いい、とは？」

「どうせ何したって文句しか言えないんだから無視する。それで何かするようなら消せばいいし。聖水は国王陛下か城に数本献上すればいい。あとは精霊を連れて行って僕とフィルしか入れないって説明してもらえばいいよ。フィルのためなら精霊たちは動いてくれるはずだから」

エル兄様としては、そもそも我が家が勝てない貴族はいないから、王家にだけきちんと義理を果たせばいいって考えのようだ。

確かに、精霊たちは私のお願いならおそらく聞いてくれるから、聖水を多めに貰うことは可能だろう。

にしても、エル兄様普通に『消せばいい』って……うちはそんなに過激派だったっけ？

いやまぁ権力的にも魔力的にも確かにできないわけじゃないんだけど、もうちょっとこう、ね？

オブラートに包むというか、あ、でも包んだところでやることは同じか。

今回のプレザントリー伯爵の件で、よっぽどの馬鹿じゃない限りは我が家に面と向かって文句を言う人はいないとは思うけどね。プレザントリー家当主の交代はもう噂が出回っているみたいだし。

お父様はエル兄様の乱暴な物言いにちょっと肩をすくめて頷いた。

「まぁとりあえず今日にでも陛下には聖水の件は伝えておきます」

エル兄様もお父様にペコッと頭を下げる。するとお母様が身を乗り出した。

「エル、うちの研究所にも聖水を少し持ってこられるかしら？」

「できるけど今日は無理じゃないかな」

「えぇ！　いつでもいいわ！　ふふ、新しい研究なんて楽しみ。しかも謎に包まれてる聖水なんてすごく調べたいわ！」

ああ、お母様の研究者魂に火がついている。背後で何かがメラメラしているように見えて私は遠い目になる。

やっぱり私のお母様だなぁ。私も気になることはとことん調べるし、猪突猛進になりがちだから。

そういう所がすごく似ている。

それからお父様たちはそれぞれの仕事場に向かって、シオン兄様とディーはアルバと今後についての話し合いに行った。

私はエル兄様に抱っこされて絶賛森へ移動中だ。今日は病人ということで素直に抱っこされておく。下手に反抗して、エル兄様から笑顔の圧をかけられるのいやだし。

いや、ほんと、エル兄様の怒り方怖いんだよ。笑っているのに笑ってない笑顔も、放つ言葉が鋭いナイフみたいに突き刺さる感覚もすごいからね。

歩いていくと、精霊たちが聖水の湖までの道を開いてくれる。

また目の前がぱっと開ける感覚があって、目の前にあの美しい湖が広がっていた。

「この辺りが良さそうだね」

エル兄様は少し歩いてから、湖の岸辺に持ってきたふわふわのマットを大きな木の根元にふわりと開いた。

その上にそっと降ろされる。この世界の貴族のシートってふわふわなんだよ。

日本にあったビニール製のものじゃなくて、毛皮でできているから、汚れた後はしっかり長い毛足から泥を取り除く必要がある。ビニールがこの世界にもあったら便利なのに……

そう思いながらも木を背もたれにして、すうっと深呼吸をした。

目を閉じれば心地よい風に木が揺れる音が聞こえる。

何かの拍子に水が跳ねる音がしてなんだか優しい音楽を聞いているみたい。

「気持ちいいですね」

「そうだね。さて、兄様は水をくんで来るから、少しだけ待っててね。ルア、フィルをお願い」

『うむ』

エル兄様の言葉にルアが現れる。ルアは私の隣にくるりと丸まって座った。

もふもふを撫でると柔らかくて気持ちいい。

エル兄様はそんな私たちの様子を見て、水を汲《く》むためのバケツのようなものを手に去っていった。


しばらくして兄様が戻ってくる。さっそく、汲《く》んだ聖水を飲むように言われた。

コップに移された聖水はきらきらと輝いていて、飲むと驚くぐらい冷たかった。

同時に、万病の薬と言われるだけあってやっぱり身体がすごく軽くなる。

精霊王の加護ってすごいんだなぁ。

きっとこの湖は元々ただの湖だったはず。それがこうして聖水に変わったのは、精霊王がこの森を気に入ったから。でも分かるなぁ……この森はすごく空気が綺麗だもん。

澄んだ魔力が土地を満たしているから、生き物たちが住みやすいんだよね。それで沢山の生き物が住むから森は豊かになって、また魔力が濃くなって……そんな素敵な循環ができているのかもしれない。

「エル兄様。この湖は、本来森のどの辺にあるんですか？」

「んー、未開の辺りだと思う。僕らがいつも入る森の入り口は、母さんの魔法で森の中と繋いであるからね。入った時既に森の中にいる状態なんだよ。そこから更に奥に進んでいるからまだ調査が終わっていない区域だと思う」

「そんなところに入ってよかったんですか？」

「不可抗力だよ。僕たちは精霊に導かれたんだからね」

なるほど。この国では精霊にイタズラをされたとしても、それは一緒に遊びたいというアピールでそんなに悪いことは起こらないから一緒に遊んだ方がいいって言われている。

そもそも気に入った人にしか精霊は近づかないし、気に入られることはいい事だから。

精霊魔法を使えるっていうのは今後の人生に大きな得をもたらすからね。

普通の魔法が使えるだけでも生きていけるけど、より良い暮らしがしたいなら精霊魔法を使えた方がいい。

「フィル。おいで」

ポンポンとエル兄様が胡座《あぐら》をかいて膝を叩く。

これは、膝の上に乗れってことか。

ちょっと迷ったけど素直に乗る。最初の頃は恥ずかしかったり申し訳なかったりしたんだけど慣れた。というか、慣れざるを得なかった。だって、そもそもエル兄様の抱っこを拒否しようとしたらエル兄様の笑顔の圧がすごかったのだ。そんなの拒否できるわけがない。

うちで一番怖いのはお母様。その次にエル兄様だもん。逆らわない方がいい。

別に嫌なことをされている訳じゃないし。

それにエル兄様の魔力も私の魔力によく馴染むから好きなんだよね。

エル兄様の魔力に包まれる。内側と外側からエル兄様が私の荒れてる魔力を正しい流れに戻してくれる。

すうっと風が流れるみたいだ。

「……ふう、どう？　ちゃんと流れてる？」

「はい！　スッキリです！」

「そっか」

微笑みながらなでなでと頭を撫でてくれる。

「やっぱり聖水はすごいね。フィルの魔力の流れを正しやすかった」

「飲んだ水が魔力に流れている感じがしました」

「魔力に……。だから万病の薬、か」

多分聖水は浄化の役割をもつ。多分、魔力を浄化することで体調を良くしたり、怪我の治りを早めたり、呪いを解いたりしてるんだと思う。

例えば、体調不良っていうのは大元は魔力の汚れが原因だ。

なんらかの理由で魔力が汚れ、汚れた魔力が身体を巡るから体調が悪くなる。

怪我は身体に傷がつくと同時に、体に流れる魔力に体を傷つけた物体の魔力がぶつかることであざが残ったりする。

そして呪いは感染症のようなもので、人の魔力を違う魔力で汚染することだ。

こういう風に悪いことの大元は魔力が原因であることが多い。だから聖水みたいに魔力を浄化できるものがあれば治りが早くなるんだと思う。

「ねぇ、フィル」

「なんですか？」

「……いや、やっぱりなんでもないよ。体調はどう？　つらくない？」

「はい！　魔力の流れも良くなりましたし、聖水のおかげで体も軽いので」

「良かった。森に連れてきた甲斐があったね」

ほんとエル兄様がいてくれて良かったよ。いなかったら今日私は外に出られてないから。

絶対外に、嫌、部屋から出られなかっただろうね。

「でも兄様本当に学校は良かったんですか？」

「大丈夫だよ。それより、もうすぐ文化祭があるんだ」

「学園祭？」

「そう、学校でやるお祭り」

文化祭かぁ、こっちの世界にもあるんだね。

どんなことするんだろう。

「うちの学園の文化祭は特別でね。基本的に在籍している生徒の家族しか参加できないんだよ。それもすごく華やかでね。学外にもどうしても参加したいって人がいるから、抽選が行われるくらい人気なんだ」

「ちゅーせん……」

えっと、ライブか何か……？

「もちろん抽選は公平に行われる。貴族から五組。平民から五組。ずるができないように陛下の召喚獣がクジを作ってそれを精霊に引かせる。召喚獣や精霊は契約主以外には興味を持たないから公平に行うことができるんだよ」

「なるほど、ん？　それじゃあ私も行けるんですか？」

「その日体調が良ければね」

やった！

抽選しなきゃ入れないようなお祭りに参加できるってすごく楽しみだな。あ、でも貴族が多い学校で屋台とか庶民っぽい出店があるのかな。

聞いたら答えてくれた。

むしろ屋台がメインらしい。平民の生徒も最近は多く在籍している。だから貴族が経営、平民が営業って感じでどの屋台が一番売れ行きがいいか争うらしい。

楽しそう。

「楽しみにしててね。僕とリーベは接客もするから」

「はい！　あ、ジュール兄様は？」

「あぁ、ジュールは外装担当なんだよ。立ち入り禁止区域を上手く植物で隠して華やかに見せたり。

適任だよね」

「ジュール兄様の植物の壁も楽しみです!!」

「ふふ、そのためにもしっかり休んで元気にならなきゃね。ほら、少しおやすみ。ちゃんと連れて帰ってあげるから」

「はい……」

エル兄様の精霊が歌っている。

遠くで響く楽しそうな声たちをＢＧＭに私は眠っていた。

エピローグ

コンコン。ノックの音が響く。

「どうぞー」

「ルティ」

「ディー！」

タタタッと駆け寄り思わず抱きつく。しっかり受け止めてくれた事にえへへと笑うと、少しホッとしたように私を抱きしめる力が強くなった。

「ふふ、あのね、あの日。お母様の結界に包まれてた時、ディーは私を守るように抱きしめてくれてたでしょ。嬉しかったよ」

「結局はルティとアイシャさんに守られたんだけどね」

「それでもディーが私を守ろうとしてくれたことに変わりはないから。ありがとう」

「うん……ルティ」

ディーが名前を呼ぶ。

なぁに？　と返すとディーはいつものように微笑んで大好きって伝えてくれる。

ねぇディー。知ってた？　私ね、最初は私を愛して欲しいと思ってたの。愛されたいと願って産まれてきたの。でもね、ディーと出会って私もディーのことを愛したいと思った。愛するようになった。

愛されるってすごく嬉しいことだけど、愛することもすごく幸せなことだって思ったの。ディーのおかげなんだよ。

大好きな人が幸せの一歩を踏み出した。その側には私がいる。

今日、二人で強くなろうと誓った。

これからもいろんなことがあると思う。私は愛護者だし、学園にも行く。魔法だってこれから習う。

まだ話してないこともあるし大変なことだってこれから沢山あるはず。

でも大丈夫。怖いくらいのチート能力を持ってるんだからね！

新＊感＊覚ファンタジー！

Regina レジーナブックス

クズ夫への
大復讐劇!

私が妊娠している時に浮気ですって!? 旦那様ご覚悟宜しいですか？

ラキレスト
イラスト：黒野ユウ

出産を間近に控えた、公爵令嬢シャーロット。そんな彼女のもとに、一人の男爵令嬢が訪ねてきた。なんとその男爵令嬢は、シャーロットの夫と浮気しているというのだ！　——自分の立場をわかっていないクズな旦那様には、おバカな女ともども痛い目を見ていただきましょう。シャーロットは、二人を「ざまぁ」するために奔走しはじめて——!?

詳しくは公式サイトにてご確認ください。
https://www.regina-books.com/

携帯サイトはこちらから！

新＊感＊覚ファンタジー！

Regina レジーナブックス

人助けしたら、
ヤンデレ開花させちゃった!?

一宿一飯の恩義で
竜伯爵様に抱かれたら、
なぜか監禁されちゃいました！

当麻月菜《とうまるな》
イラスト：秋鹿ユギリ

電車に轢《ひ》かれ、あわや……という瞬間、異世界に転移したアカネ。運よくデュアロスと名乗るイケメンに保護され、平和な生活を送っていたある日、彼が何者かに超強力な媚薬を飲まされ、命の危機に！　彼を助けるにはナニをし、薬の排出を促すしかない。「今こそ一宿一飯の恩義を返すとき！」――アカネは我が身を捧げ彼を救ったのだけれど、その後なぜか彼から監禁されてしまって!?

詳しくは公式サイトにてご確認ください。
https://www.regina-books.com/

携帯サイトはこちらから！

新＊感＊覚　ファンタジー！

レジーナブックス Regina

婚約相手は
いわくつき……!?

召喚された竜の国で砂漠の王女になりました
～知らない人と結婚なんてごめんです！～

奏多悠香《かなたはるか》
イラスト：薔薇缶

このところ不運続きのイツキ。「ビーチで優雅に星空でも拝みたい！」そうぼやきつつうたた寝した彼女は、目が覚めると砂漠の国ファレシュの王女と魂が入れ替わっていた。王女に代わって国を牛耳る摂政から、その右腕のように働くカリムとの結婚を命じられ……!?　しかも王女には人の心を読む「竜の子」の力があったようで、カリムの心にはとある女性が――

詳しくは公式サイトにてご確認ください。
https://www.regina-books.com/

携帯サイトはこちらから！

新＊感＊覚ファンタジー！

Regina レジーナブックス

薄幸令嬢の
人生大逆転劇!

5年も苦しんだのだから、
もうスッキリ
幸せになってもいいですよね？

gacchi《がっち》
イラスト：月戸

突然、第一王子から婚約解消を告げられた公爵令嬢ミレーヌ。そのうえ彼は浮気しており、新しい恋人と結婚したいという。彼と婚約してから五年間、王妃に虐げられながらも、つらい王子妃教育に必死に耐えてきたのに、この仕打ち。——もう私、スッキリ幸せになってもいいですよね？　ミレーヌは元婚約者と決別し、新しい幸せな人生に向かって進みはじめて——？

詳しくは公式サイトにてご確認ください。
https://www.regina-books.com/
携帯サイトはこちらから！

新＊感＊覚ファンタジー！

レジーナブックス
Regina

レジーナブックス
Regina

人生、楽しく思うままに！

婚約者の地位？
天才な妹に勝てない私は
婚約破棄して自由に生きます

名無《なな》しの夜《よる》
イラスト：黒裄

魔法の力が強い貴族であることを誇りにしている父に妹と比べて出来損ないだと、叱られ続けているドロシー。婚約者である王子にも馬鹿にされ、ついに堪忍袋の緒が切れた彼女は、平民になって、自由気ままに生きることにする。実際、これまで一人もいなかった友達を作ったり、町のお店でショッピングしたりと、やりたいと思っていたことを楽しみ始めると、ドロシーは周囲の人間にどんどん認められて——!?

詳しくは公式サイトにてご確認ください。
https://www.regina-books.com/
携帯サイトはこちらから！

新＊感＊覚　ファンタジー！

レジーナブックス
Regina

国ごと乗っ取る、超ざまぁ!?

可愛い義妹が
婚約破棄されたらしいので、
今から「御礼」に参ります。

春先《はるさき》あみ
イラスト：いもいち

賢く美しく、勇敢なローゼリア。名家フィベルト公爵家に嫁入りし、幸せな日々を送る彼女を悲劇が襲う。夫・ロベルトの妹であるマーガレットが王太子オズワルドに婚約破棄され、手酷い暴行を受けたのだ。彼女はローゼリアにとって実の妹同然の存在。大切な家族を傷つけた不届き者に鉄槌を下すべく、ローゼリアはロベルトと、ある計画を立てる。それは自分たちが新たな国を作り、王国を乗っ取るというもので……

詳しくは公式サイトにてご確認ください。
https://www.regina-books.com/
携帯サイトはこちらから！

新＊感＊覚 ファンタジー!

レジーナブックス Regina

目指すはお気楽極楽ライフ!

貴族令嬢に生まれたからには念願のだらだらニート生活したい。

譚音《たんのん》アルン
イラスト：風ことら

ブラック企業で過労死し、伯爵家の娘として転生したマリー。不遇な最期を遂げた彼女は今世では第五子三女というお気楽な立場を楽しもうと決意する。そのためには結婚相手が最重要と、「風変わり」な自分を隠し、裕福な子爵家令息グレイとのお見合いに臨む。一方、縁談に呼ばれたグレイは、その場で自身の知らない知識を披露する不思議な令嬢に心を奪われており……

詳しくは公式サイトにてご確認ください。

https://www.regina-books.com/

携帯サイトはこちらから!

大好評
発売中!

アルファポリス
webサイトにて好評連載中!

待望のコミカライズ!

ある日、神様の手違いで命を落とし、異世界に転生したメリア。神様はお詫びに、10歳の体と憧れていた鍛冶スキルを与えてくれた。毎日大好きな鍛冶ができるなんて、最高すぎる! と、日々を満喫していたメリアだったけれど、実は彼女の鍛冶スキルは超チート。周りが放っておかなくて——!?

アルファポリス 漫画　検索

B6判／定価：748円（10%税込）
ISBN:978-4-434-29514-0

RC Regina COMICS
大好評発売中!!
メイドから母になりました
1〜8
原作 夕月星夜 Seiya Yuzuki
漫画 月本飛鳥 Asuka Tsukimoto
アルファポリスWebサイトにて好評連載中!
メイドから母になりました 8
夕月星夜 月本飛鳥
転生して凄腕メイドになった元女子高生。
誘拐未遂がキッカケで恋が動き出す!?
シリーズ累計45万部突破!! 子育てファンタジーコミカライズ!
アルファポリス 漫画
検索
(電子含む)
シリーズ累計49万部突破!
子育てファンタジー
待望のコミカライズ!
異世界に転生した、元女子高生のリリー。
ときどき前世を思い出したりもするけれど、
今はあちこちの家に派遣される
メイドとして活躍している。
そんなある日、王宮魔法使いのレオナールから
突然の依頼が舞い込んだ。
なんでも、彼の義娘《むすめ》・ジルの
「母親役」になってほしいという内容で——?
B6判・各定価:748円(10%税込)

神様に妹の命を救ってもらう代わりに、悪役令嬢として異世界に転生したレフィーナ。嫌われ役を見事に演じ、ヒロインと王太子を結び付けた後は、貴族をやめてお城の侍女として働くことに。どんなことも一度見ただけでマスターできる転生チートで、お気楽自由なセカンドライフを満喫していたら、やがて周囲の評価もどんどん変わってきて——?

アルファポリス 漫画 検索

B6判/各定価:748円(10%税込)

この作品に対する皆様のご意見・ご感想をお待ちしております。

おハガキ・お手紙は以下の宛先にお送りください。

【宛先】

〒150-6008 東京都渋谷区恵比寿4-20-3 恵比寿ｶﾞｰﾃﾞﾝﾌﾟﾚｲｽﾀﾜｰ 8F
（株）アルファポリス　書籍感想係

メールフォームでのご意見・ご感想は右のＱＲコードから、
あるいは以下のワードで検索をかけてください。

アルファポリス　書籍の感想　検索

ご感想はこちらから

本書は、「アルファポリス」（https://www.alphapolis.co.jp/）に掲載されていたものを、
改稿、加筆のうえ、書籍化したものです。

転生《てんせい》したらチートすぎて逆《ぎゃく》に怖《こわ》い

至宝里清（しほうりせい）

2021年 11月 5日初版発行

編集－古屋日菜子・森順子
編集長－倉持真理
発行者－梶本雄介
発行所－株式会社アルファポリス
〒150-6008 東京都渋谷区恵比寿4-20-3 恵比寿ｶﾞｰﾃﾞﾝﾌﾟﾚｲｽﾀﾜｰ8F
TEL 03-6277-1601（営業） 03-6277-1602（編集）
URL https://www.alphapolis.co.jp/
発売元－株式会社星雲社（共同出版社・流通責任出版社）
〒112-0005 東京都文京区水道1-3-30
TEL 03-3868-3275
装丁・本文イラスト－Tobi
装丁デザイン－AFTERGLOW
（レーベルフォーマットデザイン―ansyyqdesign）
印刷－図書印刷株式会社

価格はカバーに表示されてあります。
落丁乱丁の場合はアルファポリスまでご連絡ください。
送料は小社負担でお取り替えします。
©Risei Shiho 2021.Printed in Japan
ISBN978-4-434-29523-2 C0093